閉上眼，
讓
所有愛情都正常

我曾以為自己沒有愛人的能力，卻有個人告訴我：
愛或不愛是一種選擇，只要願意選擇，就可以盡其所能去愛。

OL心聲代言人 雪倫

我眼中的自己，和別人眼中的我，永遠不相同。
我試著灑脫，大家卻說我無情；
我試著自信，他們卻說我自私。
什麼時候，
他們眼中的我，才會和我眼中的我，合而為一？

第一章

大多數的人，都是愚蠢的。

遵守從以前流傳下來的形式、倫理、道德，還沾沾自喜以為符合了社會期待就可以被世界善意對待。我常覺得這種人就是第一個被現實拋棄的人，要對抗人生這一路遭遇到的挫折和狠毒的非善意對待，只有一個辦法。

就是得活得比現實還要更現實。

講白話一點，就是一句，「我管你去死。」

「何太太，別難過了。」這句話我差不多重複了三百次吧，我真的沒想到自己坐在法國巴黎第九區的 Café de la Paix 和平咖啡館裡，不是享受我的咖啡和餐點，而是在安慰我的VIP客戶何太太。

女人會難過大部分是兩種情況，一是感情不順利，二是婚姻觸礁。

何太太是第二種。她那位身價好幾個億的老公在外面偷吃就算了，還讓小三懷孕，結果她婆婆竟要把孩子帶回來給她照顧。婆婆很理所當然的說，她享受了豪門的榮華富貴，現在努力維持豪門的面子，就是她的義務。

其實她婆婆也沒有說錯，婚姻不過就是一種利益交換，只是，有錢人付出的代價多一點就是了。

但何太太無法接受，「我怎麼能不難過？我都五十歲了！孩子好不容易養大都出國念書，現在還要我重新帶孩子，還是老公跟小三的，我出去怎麼做人？我乾脆去死算了！」一向優雅端莊的何太太哭到聲音分岔。

我喝了口咖啡，輕嘆一聲，提醒她什麼叫現實，「妳可以去死，但妳要想喔，死了可就便宜外面的女人了！我要是妳，就把孩子帶回來養，以後多個人孝順妳，有什麼不好？想想以後這個孩子是喊妳一聲媽，不是喊小三媽，這對勾引人家老公的狐狸精，難道不是另外一種懲罰嗎？更何況，請幾個人來幫忙，妳也不會太累，還能做面子給婆婆和老公啊！」

「我就是不想讓我老公好過！」

「那妳要當個潑婦跟他吵嗎？還是妳真的要在他面前一哭二鬧三上吊？妳覺得妳會得到什麼？老公的歉疚嗎？並不會，當他趴在小三身上的時候，早就忘了妳是誰了。看著妳的崩潰，他眼中只會覺得還是小三可愛。」

「要我這樣忍下來，我真的做不到啊，家葦。」

「到時候記得找人放風聲給記者，宣揚一下妳這位正宮有多麼委屈求全，妳肯定能成為全台灣最大氣又識大體的女人。」我說。

人真的不要跟一時的情緒過不去，有多少女人輸給了那一口氣？想想人生那麼長，還要呼吸那麼久，何必讓討厭的人佔到便宜？等待上天懲罰壞人是來不及的，靠自己比較快。

何太太的語氣開始有些動搖，但還是打不定主意，「可是，讓小三的孩子進門，那以後財產怎麼分？我的孩子才是正牌的接班人啊！我怎麼可以不為他們著想？」

我淡淡的說：「何太太，這不就是妳讓孩子進門的談判籌碼嗎？妳這樣忍氣吞聲幫忙照顧小三的小孩，當然也得為自己的孩子著想啊！天下沒有白吃的午餐，享受了什麼必然要犧牲些什麼，不就是千古以來不變的道理？那孩子能在那樣的環境長大，已經很幸福了。」

「我這樣提條件，老公會不會覺得我很現實？」

我笑了笑，「所有的感情，到最後都是利益和需求的交換，不是嗎？」我再次喝了口咖啡，果然是和平咖啡館，真的每一口都能讓人感到 love and peace。但其實，事不關己的時候，都嘛很和平。

何太太在電話那頭猶豫了很久後才說：「好，我知道了！謝謝妳啊家葦，願意聽我說這麼多。」

「別這麼說，我也有我的目的啊。我多怕妳氣到說要離婚，把正宮位置讓給了小三，這樣妳以後怎麼有錢找我幫妳挑東西，好讓我賺服務費？妳可是我最愛的大客戶耶，妳說是不是？」

何太破涕為笑，「妳喔！講話何必這麼直接，明明心裡就不是這樣想。」

「何太太，我真的希望妳不要意氣用事，很多女人就是這樣，才會毀了自己的未來。當然我沒有權利要妳一定要怎麼做，但我只希望妳過得好。即便要當個婊子才能快樂，那我絕對毫不猶豫會承認自己就是婊子。」

「好，我知道怎麼做了。」何太太的聲音恢復到原本優雅的語調。

「怎麼做？」我故意反問。

「我現在就去找我婆婆談……」

我馬上打斷她，「不是！妳現在要做的，是去把臉洗一洗，然後換上我上個月幫妳買的CHANEL 套裝，接著去做個皇家SPA。如果妳需要，我可以請子瑛姊幫妳預約。再來，約林太太去吃個晚餐，把妳的心情都處理好了，再處理小三的事。記得，這件事妳才是老大，不需要比他們急，這樣妳就輸了。」

何太太的笑聲傳來，「好，都聽妳的。」

就這樣，結束了近兩個小時的通話。幸好網路無國界，雖然何太太的身價不在乎幾千、幾萬塊的電話費，但我很在乎。畢竟我現在需要在乎的，就是能不能好好的繼續在法國生活而已。

在外生活，什麼都要斤斤計較。

我才放下手機，端起咖啡想要喝的時候，坐在我隔壁桌要去結帳的男客人起身將大衣帥氣一拔，就這麼掃過我的桌子，他的帥氣和我的手機就這麼掉了下去。他趕緊幫忙撿起，說著 sorry，然後跟我要電話號碼，希望下次有機會請我吃飯賠罪。我伸出戴著鑽戒的無名指，再讓他看看我的手機桌布，他才頓時恍然大悟，指著桌布上的人稱讚：妳丈夫很帥。

「Thank you.」我說，然後繼續喝我的咖啡，滑我的手機。鑽戒和手機桌布上的人，都是我活了三十幾年裡最忘不掉的遺憾。

為了緩解情緒，我拿起手機拍了張窗外的風景，巴黎歌劇院就在照片裡。上傳到我的 Instagram，不到一分鐘已有五百多人按讚。雖然很謝謝大家的捧場，但我實在很好奇，難道大家隨時都把手機放在眼前，擔心錯過任何一則貼文嗎？

正當我這麼疑惑時，子瑛姊來電，我又聽到她羨慕的聲音，「妳在和平咖啡館？」

「嗯，起床出來走走。」

「天啊，我好想吃拿破崙千層派，再配杯香檳。好羨慕妳喔，單身真好。」

「真的。」我說。

「妳是不能安慰我一下喔？」

「單身是不錯啦，但妳老了至少有女兒會照顧妳，還會幫妳送終。」

「吳家葦！」子瑛姊發脾氣了。

「實話實說妳幹嘛生氣？」

「算了，早知道妳這張嘴吐不出什麼象牙的。」

「那妳打來找我這個狗嘴，是不是想打聽八卦？」

我一畢業，就進航空公司工作，子瑛姊是帶我的學姊。雖說幾年前她和貿易公司小開楊震宇結婚後就辭職不幹，但我們一直都保持聯絡。十年的交情，她只要一開口，我就能猜到她要說什麼。

「什麼打聽，是跟妳一樣關心客戶好不好！何太太是不是打給妳了？她有沒有說什麼？我昨天拿包包去給陳太太，她還在那裡跟我套話耶。」看看這些貴夫人的生活有多無趣，不是花錢就是說人閒話，但我真心敬愛她們。

所有給我錢賺的人，都是好人。

我把大致情況跟子瑛姊說了一下。我們現在是合作夥伴，我負責採購，她負責交貨，該注意的眉眉角角還是得說清楚。跟有錢人做生意，最重要的不是什麼負責，也不是什麼誠意，哪個做生意的人不用負責，不用有誠意？這都只是最基本的態度，更關鍵的一件事，是分寸。

跟誰見面，什麼話能說，什麼話不能說，都要有分寸。

「陳太太真的很奇怪，自己老公也不是什麼好東西，每次看到別人老公也偷吃，她就不知道在興奮什麼。好像看到別人跟她一樣慘，自己就會比較不慘！上次貴田機械的吳太太離婚，她還叫我幫她跟酒商訂香檳……」

「不管她，妳別被套出話就行了。」我說。

「知道了。我看我最近還是先離她遠一點，免得她這種人四處亂說，還說都是從我這聽來的，我看我還是自保一下。」突然開竅了，真是讓我吃驚。子瑛姊雖說是小開的太太，也是個媽媽，但她其實非常單純，也很容易相信別人，更是那種無法拒絕別人的人。以前只要有人想調班，直接找她，她永遠都說好。直到我看不下去，跟其他同事吵了一架之後，誰想跟子瑛姊調班，只能經過我。

可想而知，我在公司有多討人厭。

「開始有危機意識了，不錯啊。」我說。

子瑛姊突然問我，「那妳呢？」

「我怎樣？」我活著就是我人生最大的危機了。

「巧漫在妳剛上傳的照片下留言了。」

子瑛姊一說完，我心跳頓時掉了一拍。但還是得假裝鎮定的回應，「喔，我還沒看到。」

「她問妳什麼時候到台灣。」子瑛姊邊回答，我聽著滑鼠答答答按著左鍵，還有滑輪呼嚕嚕的聲音。

我不知道要怎麼回應。

「她很煩耶，幹嘛一直叫妳回台灣啊。」子瑛姊不是很開心的說。

「因為她要結婚了。」

「結婚關妳什麼事啊？」

「我要當她伴娘。」

「妳是有什麼毛病？她搶了妳男朋友，妳還這麼大方！」

我有點不開心的反駁，「子瑛姊！我不是解釋過很多次了嗎？是我先跟卓元方分手，他們才在一起的。而且是我自己要當她伴娘的。」

「那又怎樣？你們就是在一起過，也是差點結婚啊。她需要這樣咄咄逼人，硬要妳回去祝福她嗎？妳為了他們都逃到國外去了，還想怎樣？妳也真是傻，沒事亂說這種話幹嘛？還是李巧漫沒朋友到要這樣折磨妳為她回去？」

「子瑛姊！」我壓抑不下音量，頓時成咖啡廳裡的噪音。我快速的丟下錢，然後離開。

「好好好，不說不說。我知道妳和李巧漫是從小到大的好朋友，但我真的不能接受，好的都讓她佔去了，還在那邊得了便宜賣乖。反正我是不希望妳特別回來這一趟，根本沒有必要。是有多欠人家祝福，硬要妳這個前女友祝福他們？」

我不想再繼續這個話題，「好了，不說這個了。林太太要的包包跟鞋子，我前幾天寄出去了，聽說林太太兒子也是下星期結婚，趕快把東西交給她。」

「知道了，如果妳真的要回來，說一聲，我去接妳。」

「好。」我說。

「還有，找時間多發文啦，妳是不知道現在網友很喜新厭舊嗎？幾天不 po 文很快就被丟在網路回收桶裡了。好不容易經營到 Instagram 有幾十萬追蹤人數，妳現在也算是有知名度的網紅……」

「喂，我真的很討厭網紅這兩個字。」

「好好好，比較多人追蹤的 Instagram 用戶可以嗎？」

「可以。」

結束通話，我重重嘆了口氣。走在美到不像話的巴黎街道，我常覺得自己這幾年過得像夢一場。我從小就不是什麼幸運的人，我媽生下我沒多久，就因為血友病過世，而我阿嬤的兒子蔡德進，本來就瘋狂的賭博和欠債更是變本加厲。阿嬤打零工邊把我養大，邊幫忙蔡德進還債。她總是會安慰我，「妳爸以前不是這樣的人，他是死了太太才變成這樣的。」

我曾經被這樣的話安慰過。但當我發現不是每個人死掉老公、老婆都會變成不負責任的父母時，我才知道那不過是阿嬤為自己兒子脫罪的藉口。就連阿嬤過世之前，她對我說的還是那句，「不要怪妳爸好不好？他是妳唯一的親人。」

真的是自己的兒子教不好，還拉著孫子跟著一起活受罪。

蔡德進讓十幾歲的我獨自完成阿嬤的喪事，他本人則是在高雄某個地下賭場打五千、三千的痲將，將他這種人渣和垃圾的精神貫徹到底。幸好那時候還有巧漫跟她媽媽幫忙，我才不至於手忙腳亂。

會認識巧漫，是在國中時，為了躲債跟阿嬤搬去屏東生活而結緣的。巧漫在班上因為媽媽是越南人的關係，被取笑、排擠。而我也不是什麼多正常的家庭，就這樣，我們成了彼此的伴。我們是一起跌跌撞撞長大的，她有她生活的苦，我有我人生的難，巧漫對我來說，是用什麼話都說明不了的重要存在，也因此，巧漫的媽媽成了我的乾媽。

後來我當了空服員四處飛，感情也是四處沾。我根本不知道怎麼去愛人，她則是開了間花店，有了個交往十年的穩定男友。但誰知道，十年，有時候只是一場笑話，那男友還是出了軌。在她感情受創的當下，我也剛好回絕了當時男友卓元方的求婚，先向公司申請留職停薪，像蔡德進逃債一樣，逃離了台灣。

沒有在愛裡面長大的孩子，是很害怕去面對愛的。

但子瑛姊一直反駁我的言論，「至少妳阿嬤還是愛妳的啊，不然幹嘛這麼辛苦把妳養大？」

錯了，我阿嬤不過是站在替蔡德進贖罪的立場養我，是責任、是歉疚，那根本不是愛。

如果阿嬤愛我，怎麼會捨得要求我原諒她的兒子？她只是希望兒子老有所終，即便孫女有多不能諒解、對那個所謂的父親有多陌生，她仍要求我不要怪他。

我至今都不能理解，如果真心愛一個人，怎麼能要他拋下所有經歷過的苦痛，好圓滿另一個人的人生？

我阿嬤這輩子沒有愛自己，也沒有愛我，只愛她的兒子。

所以我不覺得自己值得被愛。那些說愛我的男人，到底愛我什麼？是能穿著空姐制服，滿足他們的想像？還是我從不說愛他們，讓他們產生了要征服我的欲望？還是因為我年輕、漂亮、身材好，令他們臉上有光？但那些都只是我的一部分，從不是真正且完整的我。所以他們的每一句我愛妳，我都不禁質疑，不禁想逃離。唯一讓我逃不開的，只有卓元方。

當他說「我愛妳」時，我看著他的眼睛，幾乎融化。當他向我求婚時，我很害怕自己如果拒絕他，就會失去他。所以當下我選擇了點頭，讓他拿鑽戒為我戴上。

但當晚我害怕了，我害怕自己無法愛他，總有一天這感情會露出破綻。在他拋棄我之前，我只能先拒絕他，隔天，把戒指跟他的愛，都還給了他。

當我留職停薪在國外浮浮沉沉的時候，我才開始正視自己對卓元方的感情。離開他的日子，每一天都很難熬。我突然發現，如果我還想好好活下去，就是去告訴卓元方，我很愛他，我也有自信自己會一直愛他，我更願意去學習一輩子都好好愛他。於是我馬上買了機票飛回台灣，才發現，卓元方已經和巧漫產生了感情。在我丟下他的那段時間，是巧漫陰錯陽差的遇上了他，陪伴了他，拯救了他。

即便我很清楚感情沒有先來後到的問題，但我還是覺得自己晚了一步，再早一個月回來……不！再早個五天回來，會不會一切都不一樣了？

可是時間不會倒退，我永遠也不會知道這個答案，即便當初我曾自私的想搶回卓元方，但當我看到卓元方的眼裡只有巧漫時，我就知道我永遠失去他了。不是我選擇退讓，而是他們的感情裡沒有我的位置。意識到這個事實，我只能不再讓自己那麼難堪。

卓元方和巧漫都是我深愛的人，我真心祝福他們，但我也是發自內心感到失落和痛心。在解決了因為我而害他們暫時分開的誤會後，剛好蔡德進又開始找我，厚臉皮的死要錢。我便下了一個決定，寧願把錢花完死在國外，也不可能給他半毛錢。隔天便向公司提了辭呈，飛離了讓我不停心碎的家鄉。

我就是個這麼狠的人。辦完我阿嬤喪事那天，我就把原本的姓氏從蔡改成吳，下定決心，從今以後跟姓蔡的任何一個人都不要有任何關係！我原以為去了美麗的國家，至少遺憾會看起來浪漫一點，自己也可以看起來不要那麼可憐。但事實上，心裡有了洞的人，笑容總會從那個洞掉出去。

巧漫時常聯絡我，但我心裡有洞。

漸漸地，接她的電話讓我感到壓力很大。我知道她很在乎我，對我也有愧疚，但就是這樣的心情，才讓我一直把自己當被害人一樣活著。她其實可以對我大聲嚷嚷，「妳和卓元方就是沒有緣分，所以他現在是我的啊！」可是一向善良溫暖的她，把責任都攬到身上，覺得自己有罪，甚至覺得我離開台灣，都是因為她和卓元方傷了我的心。

「是啊！那妳要把卓元方還給我嗎？」忘了是哪一次，她又開始覺得自己是凶手時，我真的受不了，直接這樣反問巧漫，結果她愣住了。

於是，我誠實的告訴她，我離開台灣就是想要好好忘掉卓元方，好好收拾心情。她每次這樣提，只會讓我更走不出去，就連她自己也走不出去，最後會害得連卓元方也走不出去。我希望他們好好相愛就好，別再把我扯進去。

巧漫這才真的理解，開始正常的對待我。只是，說別人本來就是比較簡單，反觀無用的我，心裡還是有洞。

我還需要一些時間去放下一個我曾深愛過的人，所以手機桌布至今我仍捨不得刪。這裡是法國，沒有人知道卓元方是我好姊妹的未婚夫，沒有人會指責我使用和別人男人的合照來當手機桌布，在這裡我可以很放肆的想念卓元方，不帶一絲絲愧疚。畢竟一萬多公里外的台灣，他們也很努力相愛。

結果，三個月前，我正因為太想念卓元方而不小心喝多時，剛好巧漫也打電話給我。我接了起來，聽到她說：「我和元方要結婚了。」說真的，我那一瞬間我以為自己在作夢。

有些喝茫的我，還開心的跟她說：「那我要當妳伴娘！」

隔天醒來，我因為宿醉而頭痛，但依稀記得自己好像答應過她什麼，然後就接到她傳給我的訊息，「那妳要提早回台灣試伴娘禮服嗎？」後面還打了好多可愛的表情符號。

我差點沒拿刀砍死自己算了。想到不能影響可愛的房東奶奶，我才作罷，但想死的心一直都是有的。

我看著訊息，猜巧漫一定開心死了，以為我真的走出來了，而且復原良好。誰知道多諷刺的是我手機桌布還放著她未婚夫和我的照片。我看著手機，嘲笑自己怎麼可以這麼不要臉。難怪以前在公司，很多學妹私下都罵我是綠茶婊。但我一點也無所謂，她們看上的男人要追求我，不是我的錯。

此時此刻，我真心覺得自己婊。

然而，話都說出去了，吳家葦是不會收回來的。我的自尊心比一〇一大樓還高，這是生來一無所有的我，這輩子僅存的東西。所以我會回去當伴娘，只是不想那麼早回去，所以都用我還在忙為由，拖延巧漫的催促。

事實上我也真的忙。兩年前離開台灣後，對未來一片茫然，那時候的我還在療情傷，便拿著存款四處玩。我去了北歐三個月、再去東歐三個月，還自己到了冰島看極光，雖然什麼都沒看到，但我就是爽！我說了，我寧願把錢花光，都不可能給蔡德進一毛錢。就算我死了，我連保險受益人指定成需要捐款的機關單位，也不可能給蔡德進！

後來，我便用 Instagram 記錄獨自旅行的生活，主要是讓巧漫和子瑛姊知道我的行蹤，免得她們們每天擔心我會死在國外，沒想到意外的有不少人開始追蹤。我這個人不太會省錢，但我會很花錢，不是隨便花，是選擇怎麼花。一樣是十歐元，我絕不會只喝一杯咖啡，一定是要咖啡再上三明治或可頌，最好是咖啡還能續杯。於是我打卡過的店，成為許多人的口袋名單，連我穿的衣服、買的包包都開始有人在問。我曾對這樣的現象感到莫名而且不可思議，子瑛姊卻很開心，老愛說有個 Instagram 紅人朋友，很值得拿出去說嘴。

她開心就好，我也要開心，反正我打定主意短期內不回台灣，子瑛姊還趁機跟我說：「別回來啊！在國外找個人嫁啦，而且還要比李巧漫早點嫁出去！」每次聽到這樣對巧漫有敵意的話，我都很無力。子瑛姊本來就只熟識我，當然會站我這邊，所以不管我怎麼解釋巧漫是什麼樣的人，她都聽不下去。

後來有一次，她說她要買些禮品送先生公司裡的幾個行政小姐，要我幫她挑些好一點的東西。於是我選了些在地便宜又質感好的精油，沒想到滿受歡迎的。我覺得這是門可做的生意，子瑛姊也覺得不錯，甚至願意當台灣的發貨人，畢竟她本來就不用管公司的事，平常也只照顧小孩，正閒到發慌，我們便開始做起代客選物的生意。

子瑛姊見許多人在 Instagram 的照片下問我的衣服、包包哪裡買，想利用 Instagram 的人氣來賣東西。但我拒絕了，我不想賣平價商品，這樣會讓子瑛姊太累。賣一百個三九九的包包，不如賣一個三萬九的包包，不管在寄送或服務上都不用花太多精神。由於我後來幾乎是住在法國，就以代選奢侈品為主，生意非常好，子瑛姊出貨出到吃不消，還得每一筆仔細記帳，好交給會計師報稅。

我發現這樣下去不行，畢竟我們也沒有打算請人。於是我決定換個方式，以服務ＶＩＰ顧客為主，把我之前在航空公司時認識的貴婦人脈都用上，不等她們下單，而是主動出擊。畢竟我也和許多精品店的專櫃小姐混熟了，只要有新款或限量都會提前給我看，我會直接推薦給適合它們的貴婦，而且只賣一個，不讓大家有撞款的可能。以貼身選物師的概念經營代購，在貴婦圈也混出了一片小天地。服務費的部分，我便和子瑛姊一人一半。雖然這些錢，也算是躋身半個貴婦圈的她可能看不上眼，但不能讓她白白幫我付出。

這兩年來，我的生活過得還算平穩順利。現在最大的難題，就是什麼時候回台灣？眼見婚禮就快到了，我這個伴娘還是能拖就拖。上個月，巧漫問我什麼時候回去，我說這個月。這個月已經到了，她再問我什麼時候，我說月底。眼見再七天就月底了，我人還在法國。

吳家葦，妳要逃避到什麼時候？我心裡的另外一個我在朝我大吼。

妳要不要這麼孬？我被另一個我狂嗆。

這一激，我瞬間停下腳步，拿出手機，滑開訂票 App，用最快速度訂完票，然後打開我的 Instagram。本想回應巧漫的留言，但我選擇又關掉 Instagram，直接打電話給巧漫，直接面對我的恐懼。

「葦葦！」巧漫的聲音顯然很意外我會打給她。

「機票訂好了，我明天晚上出發。」

「太好了，妳再不回來，我都打算去法國一趟了，我真的好想妳。」

「我也是。」對，就是這麼場面的話，我真討厭說出這種話的自己。

「那什麼時候到，我去機場接妳……」

「幹嘛去接她，坐計程車就好了！」巧漫話還沒有說完，我就聽到怡可不爽的聲音。雖然很小聲，但我這個人對別人說我壞話就是特別有感應。我當然知道她對我有敵意，就像子瑛姊一樣，蘇怡可是站在巧漫那邊的。

但讓我難以理解是，蘇怡可正是造成巧漫和交往十年男友分手的小三。雖然她本人完全不知道自己成了小三，後來因為巧漫這個正宮的關係，才發現自己男友腳踏兩條船，沒什麼朋友的她，意外和巧漫成了好朋友。

命運何止捉弄人？根本在四處耍人。

知道曾經因為顧慮我，害巧漫不敢接受卓元方的感情後，她就把我當成了敵人。但我從來沒有討厭過她，蘇怡可家境不錯，再加上本身是室內設計師，以她的條件，想少奮鬥三十年的男人都會想追求她。我在她身上看不到千金小姐的嬌氣，而且她為了巧漫仗義執言的樣子，總是讓我更加羨慕巧漫，有她在台灣陪伴巧漫，我這個變質的摯友，其實很替她開心。

「蘇怡可是有多想找我吵架？」我笑笑說。

「怡可開玩笑的啦！」巧漫忙緩頰。下一秒，手機那頭變成怡可的聲音，她理直氣壯的說：「我沒有開玩笑，我是說真的，其實有我和如晚姊當伴娘，妳真的不一定要在婚禮當天回來……」我聽到巧漫在一旁喝斥她的聲音。

我笑笑的回應怡可，「幹嘛，怕我搶婚，還是怕卓元方對我餘情未了？」

「怕什麼！」

「那妳幹嘛很像怕我回去的樣子？聲音都在發抖。」

「怕妳回來，大家都會尷尬！」

「那我更要回去了！因為我好想看妳尷尬，說真的，前男友的前女友當伴娘，多酷啊！想想妳也要見證歷史性的一刻，不覺得很榮幸嗎？」

我發誓，我真的只是想逗她而已，但她又認真了。容易認真的人特別容易被騙，她氣得吼我，「妳不要太過分喔！吳家葦，妳……」

手機那頭又換成巧漫的聲音，她急著想跟我解釋，「葦葦……」

「沒事，我不在意，等我到台灣再跟妳聯絡。」反正討厭我的人到現在沒有少過，這點巧漫比我清楚。當初我一轉學去屏東，馬上就成了學校裡最討人厭的人物之一。我不在乎得罪人，我不想得罪的只有我自己。

憑什麼讓不認識的人惹我不開心？破百萬的追蹤人數就沒有人罵我嗎？當然有，子瑛姊偶爾會傳什麼Dcard、什麼ＰＴＴ的八卦版的議論，說我已經人老珠黃，說我那些到處打卡的獨自旅行根本是有不同金主的贊助。我都只是笑笑讓它過去，難道人家朝你丟屎，你也要丟回去嗎？手不就一樣弄髒了。

日子是我在過的，我爽就好。

再加上，怡可的惡意根本不及那些在家蹺著二郎腿打著鍵盤，對根本不認識的人發表自以為是又狠毒話語的人的千分之一。我都可以放過這些人了，又怎麼會跟怡可計較？

掛掉電話，我收拾一下心情，轉身回家整理行李。

畢竟我是那種話說出去就要做到的人，機票都訂了，我不能回頭了。撇去我喝醉說要當伴娘的這種爛主意，我還是很想看看我即將要結婚的多年好友。並不是什麼她要幸福，我的成全才有意義的這種鬼情操。事實上，後來她跟卓元方開始相愛，我早就是局外人了，根本不用我成全。

就是希望她幸福而已，這麼簡單。

回到家，整理好行李，我打電話告訴子瑛姊說我要回台灣。這當然惹得她碎唸我一頓，覺得我沒事找事做。她罵的都對，我不會反駁，所以只能轉移話題，「對了，我會在香港轉機，芯芯現在喜歡 Anna 還是 Elsa？我去迪士尼專賣店給她買禮物！」

「她現在都不喜歡，只喜歡他們班的王子育。」

「她爸有沒有哭？」

「她都快一星期沒看到她爸了。」

「姊夫最近很忙啊。」

「他哪天不忙。不說了！妳回來要住哪？」還好子瑛姊提醒，不然我真的完全忘了我在台灣沒有家，我原本的住處也早就退租了。

「我等等訂。」只怕沒錢，真的不怕沒地方好住。

「那妳回來這一星期還打算做些什麼嗎？」

「就參加婚禮，可能會吃幾頓不自在的飯，然後就結束了。」

「沒打算跟何太太、林太太她們見面嗎？」

「最好別讓她們知道我要回去，飯局可能要排到天荒地老。我只想靜靜的去，靜靜的回，然後好好過日子。」

子瑛姊突然鬆口氣，感慨起來，「說真的，活到這個年紀了，我覺得最難的就是好好過日子。」

「講的好像妳已經五、六十了，妳也才四十歲啊！」

「老天爺想整妳，哪管妳幾歲啊？」她難得這麼感性，跟一向傻大姊般過日的她有些不一樣。

「妳今天怎麼特別有感觸？」

她小小聲的說：「何止今天。」

「什麼意思？」

「沒事啦，就希望老天爺別再整大家了。」

我笑了笑回答她，「不可能。」畢竟我可是從小就被整到現在。

就這樣，我和子瑛姊感慨了三個小時，關於所謂的人生，我們倆一向非常實際，不喜歡無病呻吟，有什麼問題解決就是了。或許是當媳婦、當媽媽、當太太的多重角色，也讓她忍不住宣洩了壓力。我除了聽，什麼忙也幫不上。掛掉電話，子瑛姊還是得去幫小孩泡牛奶，而我一樣得面對滿室的寂寞，各有各的苦，自己都要吞下去。

這種惆悵的心情，讓我忍不住喝了點酒才能真正入眠。但可能是我沒有控制好喝進去的量，當我再清醒時已經下午，而我的飛機再三個小時就要起飛了。我用最快的速度出門，沒有洗臉、沒有刷牙，衣服隨便一套就搭上了計程車。

趕在關櫃的前十分鐘辦好登機手續，但可怕的是等著過海關的人龍。眼見已經到了登機時間，我還在安檢。以前當空姐時，這輩子最痛恨的就是等那些逛免稅店、按摩，各種該上機卻遲遲不上機的客人，我很快就要成為我自己都討厭的人。

不想聽到自己的名字被廣播，一過完海關，我幾乎是用衝的跑向登機口。幸好還有幾個零零落落的旅客在排隊檢查護照和機票，我馬上過去排在某個先生後面。不曉得是不是因為跑了半個戴高樂機場的關係，我才剛站好就馬上腿軟，差點跌倒。我急忙伸手扶了一下前面的先生，才想道歉時，他卻冷冷回頭看著我，用手拍拍我剛碰過的他手臂，好像我的手有什麼細菌一樣，然後再轉過身去，一秒都不想多看我一眼。

我這輩子第一次被男人這麼嫌棄，我是沒刷牙洗臉，但他有需要臉這麼臭嗎？我也知道有些人不喜歡被人家隨便碰的，但他有需要臉這麼臭嗎？我明白他有權利不爽，但他有需要臉這麼臭嗎？

到底，臉有需要這麼臭嗎？

我很努力壓抑各種想問他臉為什麼這麼臭的衝動，因為我知道，我問了，他的臉應該還是這麼臭！

上了飛機，我看到只有臭臉的他旁還有空位，我真的瞬間抖了一下。後面應該還有空位吧？我害怕的拿起機票，貼心的空服人員直接幫我看位置，接著指向臭臉的旁邊。飛機都還沒起飛，我心裡已經碰上亂流，雖然搭機各坐各的不會有交集，但眼見他坐在靠走道的位置，我則是靠窗，我已經決定一路憋尿憋到香港。

我走向我的位置，他抬頭看了我一眼。我看著他旁邊的空位，他沒有打算讓我過，那我也不想對他有禮貌，直接跨過他的腳，坐到我位置上。他再一次用嫌棄的眼神看我，我也用相同的眼神回應他，搭配心裡的叫囂聲，「看什麼看！眼睛大啊？」

我們就這樣對看三秒，他才不屑的轉過頭去。果然對付這樣的人，就是用相同的招數才可以。我才繫上安全帶，隔著走道坐在同一排的一位年輕女孩突然叫了我的名字，「妳是家葦嗎？」

我愣了一下，尷尬的眼神越過臭臉男，和那位女孩對上。我有些意外的點點頭，那女孩馬上熱情的說：「我是妳的粉絲啊！妳的 Instagram 我有追蹤耶，我超喜歡妳的！」我心虛的笑笑，很想問她，也包括現在沒刷牙洗臉的我嗎？

「可不可以跟妳合照？」

「飛機要起飛了，可能不方便。」

「那妳可以幫我簽名嗎？」女孩拿了機上的嘔吐袋，掃過臭臉男朝我丟過來。臭臉男又冷冷瞪了我一眼，OK，這一眼我被瞪活該，畢竟他是因為我才被這樣無禮對待。我向他說了聲對不起，他沒理我，乾脆直接把眼睛閉上。我深吸口氣撿起嘔吐袋放好，然後對女孩說：「抱歉，我也沒辦法簽名，而且嘔吐袋是準備給有需要的人，這樣隨便拿來簽名或是亂丟不太好。」

女孩聽到我這麼一說，臉也拉了下來，喔了一聲，「為什麼妳不能幫我簽名，人家別的網紅都可以。」我只給了女孩一個客氣又不失禮貌的微笑，因為我是吳家葦啊，不是別人。女孩見我真沒打算幫她簽名，就沒有再跟我說話了。我猜她下飛機第一件事就是取消追蹤我的 Instagram，但這也沒關係，好聚好散不勉強。

飛機很快就起飛了，空服員開始發飲料和小點心。我本來不愛吃這些東西，但一整天都在慌亂中的我，真的肚子餓了。我小心翼翼以不碰到臭臉男為原則，探頭過去，看看還要再幾排才輪到我，正好看到坐在女粉絲前兩排的某個外國人故意將手放在座椅把手上，伸出姆指，在空服員彎腰服務坐他右手邊的客人時，用姆指摩擦空服員的大腿。空服員明顯嚇到，但還要裝做什麼都沒發生。

我嘖了一聲，臭臉男睜開眼睛看著我，我很想跟他解釋我不是針對他，但一看到他的臭臉，立刻什麼都不想解釋。空服員送到我這排來，打斷我們的眼神交流，見我們是亞洲人，便試著用中文問臭臉男需不需要點心。他搖頭後再次閉眼，我則是拿了點心和果汁，聽著她的台灣腔，看著她年輕的臉龐，想到自己剛進這行時也曾受過的騷擾，心疼她也心疼過去的自己。

吃完點心，我仍覺得肚子好餓，完全睡不著，只好繼續等餐點。一看到她推著餐車過來，我又探頭出去看，不只是要看什麼時候輪到我，還要看那個外國人手放在哪裡。但為了不碰到臭臉男，我探出頭去的姿勢讓我脖子和腰都好痛。我還一度不小心撞上臭臉男的肩，但他沒有反應，應該是真的睡很熟。

空服員再次送到外國人那排，她自己也有了警覺，盡量離那個外國人遠一點。誰知道外國人又在那裡鬧，叫空服員一定要拿最下面一層的餐點。空服員眼見被耗掉不少時間，只好蹲下去幫他拿，沒想到他乾脆把整隻手放到椅把外，在空服員起身的同時故意伸起手要接，又摸了空服員一把，還跟空服員說要喝果汁，要兩杯。

我馬上拿起我沒喝完的果汁，直接推開臭臉男的腳，然後朝空服員和外國人的方向過去，假裝摔跤，把空服員手上的果汁和我手上的果汁都往外國人身上倒。外國人驚呼想起身閃過，但安全帶綁得剛剛好，讓他只能坐在位置上乖乖的被淋溼。他大罵髒話，我只能用無辜的表情不停的說 sorry。年輕空服員趕緊去拿紙巾，我把在手機上打好的文字給另一位較資深的空服員看，她先是一愣，點點頭微笑，幫我重新倒了杯果汁，要我先回位置坐好，以免再跌倒。我再跟外國客人說了一句不是真心的道歉後，回到自己的位置。

一坐下，就發現有人用著史上最臭的表情瞪我，我才知道我剛衝出去時，不小心把他的包給踢了出去，連他的外套也掉在地上。他抬頭冷冷的對我說：「妳是有多渴？這輩子沒有喝過果汁？」

我走過去，也冷冷的回應他，「你臉是要多臭？這輩子有笑過嗎？」我本來是要道歉的，畢竟是我害他東西掉了，但他這樣一嗆，我真的忍不住嗆回去。

他斜睨了我一眼，撿起外套和包包，就跑去和後面幾排的客人換位置。接下來的時間，服務我們這區的空服員換成了男生，而我旁邊坐了個可愛的巴西太太。睡了一覺後總算到了香港，是年輕空服員來叫醒我的。我一睜開眼，就看到巴西太太跟其他旅客都不見了，我趕忙起身，就見臭臉男緩緩在我面前經過，然後對我視若無睹。

反正我也沒有打算理他。拿了東西要走時，年輕空服員一臉感激的對我說了聲謝謝，我也給了她一個微笑，然後快步離開。就在踏出機艙門時，我看到臭臉男從口袋裡拿了口罩，然後他的護照掉了出來。

他臉這麼臭，我到底該不該幫他撿？

基本上，
討厭你的人，
就連你的十二指腸在蠕動，他都覺得礙事。
千萬別試著給對方燦爛笑容，那是在懲罰自己。

我覺得我活到現在，最失敗的大概就是還不夠壞。

記得我國小六年級有一次作文題目是「想成為什麼樣的人」。我難得對寫作文感到了興趣，洋洋灑灑寫下我想當個無情無義的人，然後我就被導師叫去，唸了一頓說我根本不懂作文題目，亂寫一通，硬是要我重寫才能打分數。拜託一下，我那只活了十二歲的人生裡，最在的是乎蔡德進什麼時候又要回來拿錢。分數可以當飯吃嗎？所以我堅持不重寫，老師下不了台，就叫我去導師室前罰站，要我好好反省。

那時候，我真不知道我需要反省什麼。但此時此刻，我真的需要反省，我沒有成為小時候希望的人，做不到無情無義，還撿起了臭臉男的護照。不意外他是台灣人，畢竟他在飛機上嗆我的時候說了中文，然後我真的沒有刻意查看他的個資，是他自己的護照外面貼了名字，是「周東漢」。

我好心的追去，還不敢拍他叫他，是快跑到他面前擋住他，把護照遞上前。他看了我一眼，再看了護照一眼後，抽走了護照，一句話也沒有說的跟我錯身而過。

再說一次，我沒有成為無情無義的人，是不是很失敗？

我就應該把那本護照踢得更遠才對，為什麼還要幫他撿？我壓抑想衝過去罵他髒話的衝動，我告訴自己，沒關係，在機上我欠他一句對不起，現在他欠我一句謝謝，剛好扯平。

反正不會再見。

但這句話我實在是說得太早，等轉機的時間，不管我去買咖啡，還是四處亂晃，就是不斷碰到他。第一次覺得香港機場這麼小。每當我們剛好對視，他那鄙視的眼神，都讓我以為我傷害過他一樣。

難道，我曾經欺騙過他感情？是一夜情後，我丟了錢給他？還是我害他懷孕？都沒有啊！他到底為什麼要這樣看我？我真的是很不爽的回看他一眼後，決定去我的登機口待著，這樣總不會再遇到了吧？

好死不死，開始登機時，就看到他緩緩走來。本來滿心期待他繼續往前走，結果沒有，他竟然排在隊伍最後。被這段孽緣嚇得目瞪口呆的我，馬上拿下我的墨鏡再確認一次，就這樣又對上眼。他也是先愣了一下，然後恢復他那種顧人怨的眼神，冷冷的轉過頭去。

我很想發火，但不夠無情無義的我換了個立場想，如果我今天被摸了一下，被弄掉衣服又被踢走包包，還得跟那個討厭的人坐在一起的話……是！是很值得白眼、很有資格不高興！

好，不要跟他計較。

眼見大家都已經陸續登機，我也只好起身去排隊。排在他前面的幾個少男少女突然朝我跑過來，還撞掉了臭臉男……不，周東漢手上的水和護照。我還看到某個少男的腳踩過他的機票，當下心裡只有一個聲音，oh、my、god！

少男少女瞬間圍著我狂問：「妳是 Instagram 那個家葦姊姊嗎？」「是那個自己去了很多國家的部落客嗎？」旁邊少女一臉嫌棄的罵他朋友，「什麼部落客啦？很俗耶！是 Instagramer 啦！」少女還特別加強音節來表達自己的不俗氣。

但我根本聽不進他們說什麼，眼神穿過面前這幾隻吱吱喳喳的小麻雀，對上周東漢發射過來想殺死我的眼神。我看到他嘴形不知道是說了「靠」還是「幹」後，才不甘願的撿起自己的東西。少男少女圍著我要拍照，我只能回神一律回絕。早先在飛機上說是我粉絲的女生，突然走過來跟少男少女說：「她不拍照也不簽名的啦，超了不起的。」

她酸完我之後，就登機去了。少男少女們見我完全沒有想反駁，更沒打算討好他們來改變形象，也不悅的離開。

我不明白拍照簽名到底有多重要？我不喜歡自己的臉出現在別人的照片上，這樣很奇怪嗎？經營一個社群網站，記錄自己的生活，提供一些獨自旅行的資訊，即便我曾經在 Instagram 上代購過商品，但也不表示我歡迎大家來找我簽名拍照。對我來說，這都是很私人的事。

買便當的時候，你會跟老闆討合照要簽名嗎？

我跟子瑛姊曾討論過要不要乾脆別用 Instagram，畢竟除了像這樣造成我的困擾外，每天的伸手牌及莫名私訊騷擾，使我漏掉不少重要訊息，這件事也讓我很疲憊，甚至還曾經被盜過帳號，有陣子我每天都在改密碼，我甚至鎖過一陣子帳號，但一直都會有人傳訊息說找不到以前的資料，問我能不能再開放。有些真的是從我一開始用 Instagram 就常會有互動的網友，我就決定重新打開。子瑛姊勸我不要把 Instagram 刪掉，即便我們現在只服務 VIP，但她覺得在網路社群有影響力的話，也是我個人的條件之一。可是我真正捨不得的，只有那些關於我陪伴自己的回憶。

於是，我就這樣又繼續經營社群了。生活就是這樣提起，到最後放下，有時候，搞不清楚到底自己妥協了什麼，究竟又得到了什麼。

幸好，這次我們沒有坐在一起，還隔了一個走道。而香港到台北的距離也很短，一部電影都看不完就到了，那些說是我粉絲的少男少女們也沒有再看過我一眼。等行李的時候，偶爾感受到不遠處傳來的眼神打量和竊竊私語，我就在心裡祈禱，「不要過來，拜託。」

我越急，我的行李就越是死不出來。眼見周東漢已經拿了行李，頭也不回的離開，我真的是非常羨慕他。為什麼就不能有一次是我在他面前甩頭離開？算了，我要善良，這樣我的行李才會早點出來。

結果，可能是我不夠善良的關係，我的行李不見了。

等到轉盤停了，我仍然沒有看到我的行李，我只好去查詢櫃台詢問，結果一查才知道，法國機場系統出了些問題，以致於我的行李還在法國。不誇張，我就在櫃台人員面前大笑三聲。要不要這麼倒楣？難道子瑛姊才是對的，我不該回台灣？

又耗了半個小時，填了寫後續處理的資料，還拿了申請保險理賠的文件後，我請航空公司別再把行李寄來，反正我很快就會回去。幸好重要的證件和錢包都在身上，我再去買兩套衣服就可以。就這樣，我瀟灑的離開了機場，坐上了計程車時已經是晚上十一點半，當計程車司機問我要去哪裡，我才發現，我根本忘了訂飯店。

我只好要計程車司機先往台北開，快速的在訂房網站上訂了間乾淨整潔，評價也還不錯的商務飯店。把地址給了司機，我才有心情望向窗外，看著這個我每次閃電來回的城市，一樣的讓人又愛又恨。

我感覺剛才所有不爽的情緒，頓時被家鄉的空氣全部接納。聞著專屬於台灣的潮溼，像是鎮定劑一樣，撫平了我現下的煩躁和不安，沒什麼大不了的，反正我已經在家。

很快的抵達了我訂的飯店門口，付了錢，跟司機說謝謝，然後他對我說：「祝妳旅途愉快。」我笑笑的下了車，低頭打量自己的全身，忍不住疑惑，我看起來不是像個回家的人，而是旅人嗎？

正當我準備走進飯店時，一台公車駛過，停在飯店前的公車站牌。好久沒有看到台灣公車的我，忍不住停了下來，看著乘客一個個下車，然後我又看到了周東漢。他看著我，也一臉疑惑。

這次，我找到機會，在他面前先甩頭走進飯店。辦理住房手續時，我透過旁邊的落地玻璃，看到他推著行李走進飯店旁邊的巷子，可能是要回家，也可能是要去住別的飯店。無論怎樣，別再有任何交集最好。

櫃台人員 Joe 拿了自製的小地圖，一一跟我介紹，「旁邊巷子有很多好吃的東西，像這間牛肉麵店，還有這間豆花，店都是我們飯店人員私房推薦。後面是有名的商圈，從這條路往前走就有捷運站。我們飯店前的公車站牌，也有公車可以搭去一〇一、西門町……」

向 Joe 感謝她的細心介紹後，我回到了房間，累到連澡都不想洗，大字型的癱在床上，眼睛一閉上，我再次醒來已經是下午四點。飯店人員還來按門鈴，藉由詢問需不需要打掃，好確認獨自入住又沒有帶行李，看起來有點狼狽的單身女子，有沒有在他們飯店做傻事。

我拖著沉重的身體去打開房門，跟辛苦的清潔人員搖搖頭後，又拖著沉重腳步的回到床上。不知道自己怎麼能睡這麼久，之前當空服員時，我對睡覺的時間幾乎是沒有感覺的，即便再累，生理時鐘早就忘了什麼時間該睡。而後來旅行時、在法國長住時，作息可以規律了，我卻每天都睡不到六個小時就會自動醒來。好好睡一覺對我來說一向很奢侈。

能睡這麼久的時間，我認為這是我人生的一項成就，我很滿意的賴了一下床，然後聞到頭髮的酸臭味，想起我接近三十幾個小時沒有洗澡、洗臉，這也算是我的第二項成就了。我只好勉強起身，好好的去洗了個澡，再次穿上我那唯一一套的衣服後，準備先去買些生活用品。

我走到飯店大廳，今天輪值的櫃台人員 Amy 先是很親切的跟我打了招呼，說了一句，「我有追蹤妳的 Instagram 喔！」

「謝謝。」我給了她一個微笑，走出飯店，然後佩服所有經營社群網站過日子的 YouTuber、部落客，隨時要面對這樣的狀況，而且還要樂在其中，這才是最不容易的。大概連續三個人這樣跟我說的時候，我的臉就笑僵了。

但幸好，我也沒有自己想像中的容易被認出來，至少計程車司機大哥都沒認出我，而且逛街時大家都低著頭滑手機。所以我很自在的在大型商場買足了我需要的東西，換上新的衣服，還有當伴娘可能會用到的細跟高跟鞋，都在我的身上。

我唯一被認出來的時候，就是去買內衣時。遇上了非常熱情的專櫃人員，不管我怎麼跟她說我是34C，她就是不信，硬是要伸手過來，直接覆上我的胸前，然後測量我的大小，接著笑著說：「妳是Instagram那個家葦厚，妳身材好好喔！」

「謝謝。」我快速的買完逃離，很害怕她會po文，告訴她的親朋友好友，「我今天摸到了吳家葦的雙乳，她真的有34C耶！」想到這個我就頭皮發麻。而另一個讓我頭皮發麻的事，就是我的手機怎麼完全沒有動靜？我趕緊從包裡拿出手機，才發現它完全沒電了。幸好行動電源也在包裡，我趕緊充電，換上台灣的電話卡，一打開電源就是一連串震動，我都搞不清楚這到底是手機還是按摩棒了。

好的，巧漫和子瑛姊瘋狂的找我。還有蔡德進，那個說是我父親的人，又開始像個甩不掉的水蛭。這時，剛好我的手機又響了，是子瑛姊打來的。我趕緊接起，在她開口之前，好好的解釋為什麼我會到現在才打開手機。

「妳是白痴啊？」子瑛姊氣得大罵。

「某程度是吧。」

「我還打去拜託小珍幫我查一下妳到底有沒有登機紀錄，妳真的很扯耶，不就提醒妳要先訂飯店了嗎？到台灣了是不會報一下平安喔！手機幹嘛用的？」

我沒有向誰報過平安，從小我就跟在阿嬤身邊，只有她是我的親人。她死了之後，我就來台北念大學，開始自己一個人生活。我沒有可以報平安的對象，自然沒有這樣的習慣，這世界上沒有人需要知道我平不平安。

「就沒事啊！妳在外面嗎？怎麼那麼吵？」

「嗯，出來辦個事情。」

「要不要一起吃飯？」

「現在不行！都妳啦，睡那麼久。我中午有空的說，早點跟我聯絡，我們不就能早點碰面嗎？真的是會被妳氣死！」

「好啦，那就明天看看吧！妳有空再跟我說。」我說完這句，電話有了插撥。看了一眼螢幕後，跟子瑛姊說：「先這樣，再聯絡。」結束和子瑛姊的通話，我接起了巧漫的電話，開頭就是先對不起。

她著急的說：「我真的會被妳嚇死，怎麼查都覺得妳的班機早該到了，可是又一直聯絡不上。打妳法國電話沒通，台灣的號碼也不行，我還想說今天再找不到妳，我就要去報警了。」

「還好妳沒有，我只是睡太熟了。」

「對了，妳住哪？」

「飯店。」

「舒服嗎？還是妳要來住我家？」巧漫好像忘了現在她家就是卓元方家，然後她現在正在約自己未婚夫的前女朋友去她家住。

「很舒服，不然我怎麼睡成這樣。」

她笑了笑，「妳明天有空嗎？得去試一下伴娘禮服的尺寸。」

「妳不是都幫我挑好了嗎？」

「雖然我知道妳的尺寸，還是要試一下，我怕妳在法國沒好好吃飯瘦了。」

「誇張！」

「明天下午可以嗎？」

「應該可以。」

「好，那我跟婚紗公司約時間，等等要不要一起吃飯？」

我愣了一下，笑笑的回應巧漫，「我剛好有約了。」

「這麼剛好？」

「嗯。」現在心裡還有鬼的人是我，我覺得我還沒有準備好面對巧漫和卓元方相愛的模樣。即便我希望他們都幸福，但祝福他們是一回事，消化自己的失落又是另外一回事。再給我一點點時間就好，明天我會調整好，讓自己當個最稱職的好朋友。

掛掉電話後，看著手機螢幕上的卓元方，我忍不住討厭起我自己，此時此刻都捨不得換掉他的照片。心裡不停有兩道聲音在拉扯，「趕快換掉！」「沒關係，明天見面前再換就好了！」為了這種事情天人交戰真的是有夠羞恥。我搖搖頭快速的離開商場，回到飯店門口時，肚子突然叫出聲音。

晚上八點半，我至今尚未進食，想起昨天 Joe 介紹巷子裡有間好吃的牛肉麵，我決定先去解決我胃的鄉愁。點了碗牛肉麵跟幾樣小菜，好吃到差點哭出來，付錢的時候，淚水幾乎衝到了眼框裡。怎麼可以吃成這樣還比一杯和平飯店的咖啡便宜?在台灣賣小吃的老闆以後都會上天堂。

我心滿意足的離開牛肉麵店，可能是吃飽了，有了力量，我決定換掉手機上卓元方和我的合照，但前提是我得想想要換什麼照片。我就這樣邊滑手機邊往飯店的方向走，結果在過小十字路口時，突然響起一陣喇叭聲，一輛車子開得飛快從我面前經過，嚇得我後退了好幾步。當我意識到我踩到後面的人的腳，下一秒就被推開，差點就仆街。我馬上穩住，可是手上的手機卻飛了出去。

我回過神，看向被我踩到的人。又是周東漢，他正邊跳邊撫著穿夾腳拖的大姆趾，惡狠狠瞪著我。我還想說不就踩了一下，是有沒有這麼誇張的時候，往下一看，才想起來我腳上穿的不是昨天的休閒布鞋，而是細跟高跟鞋。

我走向前，很真心的跟他說了一句，「對不起。」

他煩躁的看了我一眼，「不需要妳廉價的道歉。」

我有點不爽，從皮包裡拿出幾千塊，「這樣可以了嗎？」有價格的道歉。

「瘋查某。」他這樣罵我。

我有點火的反駁，「你才是瘋查甫！」他氣呼呼的眼神瞬間和我對上。「你能罵我，我就不能罵你嗎？我真的不知道你是在不爽我什麼，如果那天不小心碰到你，還是說我踢到你的包包，讓你覺得不舒服，我都可以跟你道歉！我吳家葦不是不講道理的人，但你有需要這麼小鼻子小眼睛嗎？」

「我就是討厭妳這種女人。」

「哪種？」我反問他，他打量著我，一臉嫌棄。

「穿性感洋裝的女人？化了濃妝的女人？還是長得漂亮的女人？」如果是因為這樣讓他不順眼，我很抱歉，但老娘就是喜歡穿我喜歡的衣服，化我喜歡化的妝，老娘天生就長這樣，有問題嗎？

他冷哼一聲，站到我面前一字一句的說：「不，是妳這種自以為是的女人。」他在飛機上那句自以為是又瞬間竄到我的腦海裡。

我冷笑一聲，然後忍不住一句接一句對著他說：「難道你就沒有自以為是嗎？你認識我多久？你跟我講過幾句話？你知道我國小轉了幾所學校嗎？你知道我多想殺國中歷史老師嗎？你知道我做過什麼工作嗎？」

他被我的咄咄逼人嚇到，有些惱羞成怒的反吼我，「我為什麼要知道？」

「我國小轉了四次小學，因為要躲債！國中歷史老師每次經過我的位置，就要偷摸我的背！我就是當過空姐，知道被性騷擾有多讓人噁心，我才會急到不小心踢掉你的包包，造成你搭機的不適，我代表全世界航空公司的機組人員跟你道歉，非常抱歉，周東漢先生！」我再次誠心誠意對他彎腰道歉，然後轉身走人。

他在我身後喊，「妳偷看我的護照？」

我回頭瞪著他，「什麼叫偷看？就是撿起來的時候剛好看到的，你這個人腦子到底有多負面？有被害妄想症就去看醫生好嗎？你知道現在還沒有世界末日，太陽還是每天會出來的吧？」我真的不想多看他一眼，再次轉身走人。

第一次氣到想吐，我真的可以把我剛吃的牛肉麵還有六盤小菜都吐給他。為什麼別人討厭我總是這麼容易？而要我想著真正討厭的人有誰，卻想不出來。這問題我曾問過巧漫，她給了我一個答案，「妳連愛一個人都難了，怎麼會去討厭別人？那些人在妳心中根本沒有地位。」

對，我的心很小，能裝下的人不多。

我加快腳步要走回飯店時，突然有人拉住我，回頭一看，還是同一位。我掙開他的手，和他保持了五十公分的距離，「幹嘛，又想罵我？」

他瞪了我一眼，拿了支手機在我眼前晃，我才想起剛剛手機飛出去的事。我伸手要拿，他也剛好放手要給我，結果兩人就是連接個手機都不合，他快一拍我慢一拍，手機就這麼掉在我們中間。手機螢幕亮了起來，出現我和卓元方的合照，我們同時彎腰要去撿，又同時撞上彼此的頭。我痛得要往後跌時，他伸手想拉住我，但這不是偶像劇，沒有什麼他把我拉向他懷裡保護這件事，他根本就沒拉到我，而我整個人直接跌在人行道上。我痛到爬不起來，沒好氣的對他說：「你如果不想拉我，又何必伸手？」

他居然回我，「我不知道妳手這麼短。」又在我面前伸出手，示意要扶我起來。

但人真的笨一次就好，我拍掉他的手，送他一句，「不用你雞婆。」勉強自己站起來。周東漢幫我撿起手機，直接放進我的開口沒關的包裡接著說：「希望妳以後長點眼，萬一哪天又遇上了，盡可能跟我保持一百公尺的距離，妳真的很煩。」

我咬牙切齒的回應他，「你也是！」不想再看他一眼，我快步走出巷子，回到飯店後，差不多打了枕頭三萬下。好好泡了個澡，那股悶氣才消了一些，打算喝點小酒好好睡一下時，我收到了巧漫的訊息。她傳了婚紗公司的地址給我，跟我約在下午兩點半，我回她「明天見」，接著就不小心把那瓶酒給喝光了，然後又一覺到下午一點半。

再次醒來，又是一場戰爭。

我用最快的速度刷牙、洗臉、洗澡。不知道為什麼一回台灣就得老是這麼狼狽，每天好像都在跟時間摔角，然後每次都是我輸。換好簡單的衣服、牛仔褲和球鞋，搭計程車離開飯店，給了司機先生店名和住址後，司機先生笑笑的問我，「要結婚啦？」

啊？

他沒發現我的錯愕，繼續自嗨的說：「女孩子年紀到了就是要結婚，現在年輕人都不結不生，以後都沒有小孩了，世界會滅亡啦。像我女兒不到三十，我就叫她快點嫁一嫁，現在都生三個了！聽我過來人的話，結婚之後不要想說過什麼兩人生活，早點生孩子這樣才不會太累，看妳應該也三十幾歲了，現在都算是高齡產婦了……」

不知道司機先生打算講到什麼時候，我怕我會聽不下去，拿皮包敲昏他，只好抬頭打斷他，「我沒有打算生小孩，我會領養，因為我喜歡女生。」

最怕空氣突然安靜。

早知道這樣可以讓司機先生專心開車，我就該做張貼紙貼在身上，省得連計程車司機都要擔心我的生育問題。我猜，這種覺得女人就該結婚生子的觀念，可能得到世界末日才會消失。

到了婚紗店，竟然離約定的時間還有五分鐘。站在婚紗店門口，看著一套套精美的白色禮服，我想起了卓元方向我求婚的那一天。

那天早上不知道為什麼，一向不接陌生電話的我，不小心接到了蔡德進的來電，說要跟我拿五十萬，因為他欠了高利貸。我連回應都嫌懶，直接掛掉電話，結果他多厲害，還能打到總公司去，經過各種轉接，轉到會計那裡想攔截我的薪水。無法想像人怎麼能厚臉皮到這種地步。

我對結婚向來沒有任何憧憬，也是打定主意這輩子絕對不會結婚，更別說是生孩子了。讓我的孩子來這個世界，遇上一個不知道什麼叫做「家」的媽媽，是要怎麼給他幸福？但蔡德進的荒唐行徑，讓我突然想有個永遠的依靠，有人可以站在我的前面，為我擋去所有的不快樂。我知道卓元方可以，他是那樣的男人，所以當他拿著鑽戒，對我說：「嫁給我吧！」

我簡直像是中邪一樣點了頭。

可是，隔天我又立刻反悔。我不能拖他下水，他不像過去那些在我身旁的男人，只是我孤單時的慰藉，他是真正的好人。抱著不能害他的心情，我選擇了放棄跟逃離，留下戒指和卓元方。

當我發現自己的感情，決定再回來時，一切都已經來不及。

突然，我被人從後面抱住，下一秒，我戴上了微笑轉身，也抱住巧漫。我發現她的身體在發抖，嚇了一跳，忍不住問：「欸，妳不會是哭了吧？」她抬起頭，我看著她含淚的眼眶，心裡頓時一陣歉疚。我們明明曾經那麼要好，卻因為我而拉開了距離。我們都很清楚，至今仍有一條無形的線在我們中間。

「好了啦！」我笑著拍拍她的頭。

「我實在是太想妳了。」她說完，打量了我一下，「看吧！我就說妳一定瘦了。」

「對對對，妳料事如神，李巧神可以了嗎？」巧漫笑了出來，把我的手握得死緊。我瞬間感到一道熾熱的目光在我身後，回頭一看，就見蘇怡可正雙手環胸看著我。我微笑，對她說了聲，「嗨！」

她沒理我，只是對巧漫說：「別站在外面曬太陽，趕快進去吧！」

於是我們三個人進到婚紗店，婚禮顧問 Mia 跟我講解當天婚禮的流程，需要幫新娘處理哪些事情，接著巧漫帶我看了她選的幾套禮服。果然是她的風格，簡單、大方又有氣質，「可惜不夠露。」我說，好歹我們也是看著彼此長大的，巧漫的身材有多好，我很清楚。

「巧漫又不是妳，硬要露。」怡可在旁邊用著剛好大家都能聽到的聲音碎唸著。巧漫擔心我會生氣，趕緊拉我去試穿我的伴娘禮服，「葦，先去試穿妳的衣服，這樣才有時間修改，後天就要穿了。」

於是我被推進試衣間，換上了裸粉色的平肩長禮服，走出來時，我故意擠了下乳溝，把裙襬拉到大腿對巧漫說：「怎麼辦？不夠露耶，要不要改一下……」

一旁怡可馬上走過來拉高我胸前的布料，拍掉我手上的裙襬，「改什麼改，這樣穿就好了！妳不要把巧漫好好的婚禮，搞得像酒店在陪酒一樣！」

「怡可！」巧漫出聲阻止怡可。

此時一旁的工作人員提著點心，走到我們三個人身邊說：「李小姐，這是 Mia 要請大家吃的點心，這間豆花店的豆花超好吃的。」我一抬頭，才發現周東漢不知道什麼時候站在一旁，冷冷的看著我。一旁 Mia 邊拿錢給他邊說：「少送的你再幫我補來，然後再多訂四杯紅豆，三杯珍珠的。」

他嫌棄的望了我一眼後，回應 Mia 說：「好。」接著才離開。原來他是來送豆花的，那我剛擠乳溝拉裙襬的時候，他剛都看到了嗎？

巧漫拉拉我有些寬鬆的腰身喊著 Mia，「Mia，妳可以先幫葦葦把要修改的腰身抓一下嗎？讓她把衣服換下來，這樣她才比較方便吃東西。」Mia 很快用粉餅做了記號，我去換衣服時，想的還是這兩個問題。走出試衣間，巧漫便過來要我先去吃豆花，她和 Mia 再去確認一下婚禮細節。

休息區突然只剩我和怡可獨處，怡可對我的敵意完全不需要隱藏，「欸，我先說喔，婚禮那天最好不要亂來。」

「妳到底是對巧漫沒信心，還是對卓元方沒信心？」

「對妳沒信心。」

「我又怎麼了？」我笑笑反問。

「妳不覺得前女友參加婚禮很奇怪嗎？要是我，我才不會參加。妳還主動說要當伴娘，讓人很難不懷疑妳沒有別的打算！」

「妳是柯南嗎？」

「我認真跟妳說，妳最好不要有別的居心，不然我絕對、絕對……」

「絕對怎樣？」我快被她可愛死，要恐嚇人還連句話都說不清楚。

「不會放過妳！」她虛張聲勢的往桌上一拍，豆花倒了，湯汁灑在我手機上。我趕緊拿起來，她本來一臉歉疚的看著我，結果看到我的手機螢幕頓時傻住，「妳、妳居然還用妳和方哥的合照當手機螢幕？」她擔心被巧漫聽到，用極誇張的氣音對我叫囂。

我這才發現，我以為自己昨晚就把手機螢幕桌面換掉了，完全忘了遇到周東漢的惡夢。

沒想到好死不死被怡可看到，「妳真的很過分耶！」她一臉我已經搶了好友老公的表情，「妳怎麼好意思啊？巧漫說妳是她這輩子最好的朋友，但妳怎麼可以這麼不要臉？妳有沒有良心啊？」

我發現，我想解釋卻怎麼也解釋不了，即便我心裡有再多無奈和遺憾，對別人來說都是一文不值。見我說不出話，她以為我默認了。「妳馬上去跟巧漫說妳不當伴娘了，妳最好連婚禮都別參加！」

蘇怡可推著我要去找巧漫，我被她推得脾氣有點上來，負氣的回頭對她說：「我就是要參加、我就是要當伴娘，總不能巧漫和卓元方自己幸福，我得在家可憐到死吧？」

「吳家葦！妳是不是人啊？巧漫拿了多少錢給妳爸，妳做人可不可以懂點禮義廉恥？」

巧漫不知道什麼時候出現拉住了怡可，不讓她繼續說下去。可是怎麼辦？怡可的一字一句，我就是這樣聽得清清楚楚。

我不敢置信的望向巧漫，「妳拿錢給蔡德進？」巧漫不安的表情說明了一切。

「妳為什麼要給他錢？」

「他一直要我把妳在國外的電話號碼給他。」

「要電話，妳給錢幹嘛？」

「我就不想他又一直煩妳……」

「妳給了他多少？」我全身都在發抖，不知道是生氣、失望還是丟臉，我沒有想到巧漫居然會這麼做。

她看著我，沒打算回答，我準備要走人時，巧漫拉住我，焦急的喊了聲，「葦！」

我甩開了巧漫的手，難過不已的看著她，「妳給他錢，跟打我臉有什麼不一樣？他是什麼樣的人妳不知道嗎？妳以為妳給他錢，他就真的不會煩我嗎？錯了，他只會一直煩我跟煩妳！妳是因為自己和卓元方在一起，覺得歉疚、覺得我可憐，所以用這種方式來幫我解決問題嗎？」

巧漫一臉受傷的表情，但天知道，這比當初她跟卓元方相愛還更讓我受傷。她不是口口聲聲說自己是最懂我的人嗎？我當初改姓吳，就是要跟蔡家斷了所有關係，但她現在這麼做，是要我再和蔡德進牽扯不清嗎？

「妳凶什麼？巧漫只是想幫妳！」怡可不高興的罵我。

「她明明知道怎麼做才是真的幫我。」我心灰意冷的看了巧漫一眼，轉身要走人，就見到卓元方可能是來找巧漫，正站在門口，聽我數落他的未婚妻一頓。而一旁周東漢再次送豆花過來，正和 Mia 在結帳。上天真的很會找機會讓別人來看我的笑話。

我加快腳步，經過卓元方的身邊，他口氣有些尷尬的喊了我的名字，「家葦……」陌生卻又熟悉。本以為我已經做好心理準備，假裝沒事的過完這幾天。但事實證明，大家都不是專業演員，在重新相遇的這一天，所有人都破了功。

我快步離開婚紗店，全身發抖的拿起手機打給蔡德進，他聽到是我的聲音又意外又驚喜，「妳回來啦？」

「給我地址。」

「什麼地址？」

「你住的地址，現在馬上傳給我。」

說完，我掛掉電話，伸手招計程車時，有人喊住了我，「妳是家葦嗎？我有追蹤……」

我回過頭去，看著那位粉絲，擠出最勉強的笑容，「不是。」接著上了車。

手機響起訊息提示音，我把蔡德進傳來的地址給了司機，請他開快一點，司機先生很幫忙的讓我在十分鐘內到達目地的。

是間舊社區的老房子。我按了門鈴，蔡德進出來開門，我還沒看清楚他的臉就邁步走進他家。他約莫五十幾歲的女朋友正在吃泡麵，才想問我是誰時，我已經拿起旁邊的椅子砸向那台老電視。女人嚇到尖叫，接著我把所有我看到能砸的東西都砸了，蔡德進氣炸，把我拉出他家，推出大門後，就是給我一巴掌。

「妳是在發什麼瘋？」他吼我。

「你憑什麼跟巧漫拿錢？」顧不了臉上的疼痛，我也大吼的問他。

「是她自己要給我的。」

「你沒要，她怎麼可能給？你到底拿了多少？」

「又沒多少！」

「那是多少？」我們吵到旁邊鄰居都出來觀戰了。但我不在乎，我在乎的，是為什麼死的是我媽、是阿嬤，而不是眼前這個人，「說！」

「幾千而已啦。」

「我再問你一次，你前前後後到底拿了多少？」

「三十萬啦！」他一說完，我覺得該去死的不是他，是我才對。當初阿嬤過世，我就該跟她一起去死，免得活下來，還得看著那位說是我父親的人對我做出多少荒唐事。我極力壓抑情緒，瞪著蔡德進，我真的很怕我會殺了他。他被我看到不爽，繼續說：「不然妳給我錢啊！妳是我女兒，把老爸丟著，去國外自己逍遙？」

老爸？他說出這個兩字都不會嘴軟。

「我講過很多次，就算我死，都不會給你一毛錢！你要是再敢找巧漫拿錢，我絕對會再來砸爛你家，不然跟你一起去死可以。」

我說完要走人時，他女朋友衝了出來，抓住我的長髮，開始叫囂，「妳不准走，裡面砸成這樣，妳要賠！」

我就這樣跟那個阿姨打了起來。阿姨雖然凶，但我也不是省油的燈，打得阿姨哇哇叫，那個阿姨還哭了出來。下一秒，我被蔡德進用力推倒在一旁，大罵，「好了沒？瘋查某啊妳！」

好熟悉的一句，好像在哪聽過。

我還在回想的時候，突然一道力量拉起了我。回頭一看，又是周東漢，那個也罵過我是瘋查某的人。

有人問我，
到底是要努力的好好活著？
還是活著才能好好努力？
又或者是貪心的兩種都要，好好活著，也要好好努力？
但我只想問，
可不可以不用努力，就能好好活著？

這是所謂的狹路相逢嗎？還是冤家路窄？為什麼此時此刻他又出現在這裡，還剛好看到我這麼悽悽慘慘的一面？

「我都出力拉妳了，妳是不會自己出點力站起來嗎？」他一說完，我馬上甩開他的手，自己站起來，然後對蔡德進說：「我剛說的，你最好聽進去，我瘋起來連我自己都會怕。」我說完走人，聽著蔡德進在我身後大罵，「不孝女！放自己的爸爸不管，妳會有報應！」

我只是冷笑，連頭也不想回，我真的很想知道到底是誰會先得到報應。

我快步離開，然後一道身影的腳速穿越了我，我眼前出現了周東漢的背影，換我跟在他後頭。忍不住問：「你是不是跟蹤我？」

他回頭，直接了當的回答，「對！」

我愣住，他接著說：「因為妳跟朋友吵架離開婚紗店的時候，踢倒了我送去的豆花。」

有嗎？我怎麼完全沒有印象？我氣到連自己都忘記曾踢倒了他的豆花嗎？但這不重要

了，他說有就有吧！我拿出錢包，抽出了五百塊，「這樣夠嗎？」

他看我一眼，又看了五百塊一眼，接著抽走五百塊，然後把錢給了前方不遠處在捷運站口賣餅乾的小弟弟。但他只拿走一包餅乾，還把餅乾給了我。

我搞不懂他要幹嘛，「什麼意思？」我問他。

「幫妳做點善事。」

「不用你雞婆。」

「我是怕妳真的會有報應。」

「你知不知道你真的很討人厭？」

「沒關係，我更怕妳喜歡我。」

「作夢嗎？還是沒睡飽？」我真的很想拿餅乾砸他，但是賣餅乾的弟弟在旁邊。

他冷冷看了我一眼，就走到一旁的機車格，騎著他的外送機車離開。

賣餅乾的弟弟見我一直瞪著周東漢，有些小心的對我說：「姊姊吃餅乾，會開心喔！」

弟弟拆了一包，拿了一塊請我吃，我回了神，看著他誠懇又溫暖的眼神，點點頭說了聲謝謝。吃下那塊餅乾，我的想法只有一個，那就是「好甜」。然後我又拿出一千塊，帶了兩包餅乾後離開。

我不是怕報應，是因為甜甜的餅乾得到了鼓勵。我找了最近的銀行，把該還給巧漫的錢全還給她。然後我拿起手機，把我和卓元方的照片全刪掉。我連留下這一點點的回憶都是奢望、都是對別人的傷害。沒想到，我連自己的過去都沒權利留下。

看著未接來電有二十幾通，我深吸一口氣回撥給巧漫。很快的，電話就被接起。巧漫歉疚的聲音率先傳來，又急又快的說著，「葦，對不起，我真的很抱歉，是！妳說的沒錯，我是因為對妳感到歉疚，以為不讓妳爸煩妳，就是為妳付出。但其實是我想讓自己好過，希望我們永遠能像過去一樣……」

「巧漫！」我打斷了她。

她愣了，「啊？」

「可是我們似乎很難再到回去。」這句話就這樣卡在我的喉嚨，我當然希望永遠都能擁有她，但卓元方的確讓我們的感情產生了很大的危機，我們都跟對方說沒關係，卻各有各的心結，到底要怎麼再維持像過去那樣的友情？

最後，那句話我吞了回去，我在心裡重重的嘆了口氣，「剛是我太凶了，對不起。」

「沒有，妳罵的對，是我踩了妳的地雷，是我的錯。」我聽到她極力忍住哽咽的聲音，這讓我感到非常痛苦。所有相愛的人，都會互相折磨，我和巧漫之間成了這樣，我覺得很抱歉也很遺憾。

我深吸一口氣，「沒事了，妳早點休息。」我說完後，兩人之間又是一陣靜默。過了好久巧漫才說：「好，妳也是。」我們努力像過去一樣笑笑的掛掉電話，但我相信她跟我一樣，在結束通話後會感到疲憊不堪，我們還都過不去，卻急著貪心想未來。

我收拾一下情緒，提著那幾包餅乾，決定搭車去找子瑛姊。在車上我整了整自己的儀容，不想讓她知道我和蔡德進吵了一架的事。沒想到我一到她家，按完門鈴沒多久，就見她穿著家居服匆匆出來，臉色有些差。我忍不住問：「妳怎麼啦？」

「沒什麼，怎麼突然來了沒說一聲？」

我開玩笑的回答，「我以為我們是可以不用提前約好，就能來妳家的關係？」

「我們當然是啊，只是現在剛好有事。」

「姊夫在家？」

子瑛姊尷尬笑笑，「嗯。」

「還不到五點，他下班了啦？」

「對啊，今天提前回來。」

見子瑛姊有點緊張的樣子，我也不好意思多問，把手上的餅乾給她，「這個給芯芯。」

她一愣，「哪來這個？」

「做點善事，看我能不能少點報應。」

「沒頭沒尾的在亂說什麼？」她一臉莫名其妙。

「我也不知道，反正就是發生了一些事，但沒事了，應該算是沒事了吧。反正我很快就要回法國了，對吧？」我不知道是在跟子瑛姊說，還是跟我自己說。子瑛姊一頭霧水，但我也沒打算跟她解釋什麼，繼續說著，「所以晚上也沒辦法一起吃飯了？」

「可能有點困難。」子瑛姊為難的說。

我拍拍她，「不行就算了，幹嘛表情這麼凝重啊！」

她突然欲言又止的喊了我的名字，「家葦……」

「嗯？」

「沒什麼啦，只是在想，妳難得回來，我們都沒時間好好說一下話。妳現在看起來好像很需要有人陪，結果我卻沒辦法陪妳，覺得很對不起妳。」子瑛姊說著說著好像眼淚要掉下來一樣。

「幹嘛啦妳，我是看起來有多可憐？我剛不是說沒事了！算了，不說了，我要走了！當媽的人都這麼感性嗎？嚇死人！妳明天有空說一聲，我們去吃飯啦！」

子瑛姊點點頭，我笑著揮手跟她道再見，然後離開她家門口。看著車水馬龍的大道，本來還以為只回來七天太短，沒想到時間竟多到我覺得很無聊，也很孤單。我不知道能去哪裡，只好四處亂晃，慢慢走回飯店。

走到一半，手機響了，是之前的玩伴芝芝打來的。

我接了起來，「妳怎麼知道我回來了？」

「當然啊，有人在 Instagram 上貼文說她跟妳同班機，但妳不理她，妳真的大頭症喔？」我想起了在飛機上的那個粉絲，我忍不住失笑，這真是個完全沒有隱私的世界，我懶得回答這個問題，便問芝芝，「找我幹嘛？」

「喝酒啊，不然呢？」

我和芝芝是之前還在台灣時，跑夜店認識的酒伴。我一向不喜歡交朋友，因為從小大到有巧漫這個朋友就夠了。就算再熟的同事，我可以跟他們在工作上合作無間，但下了班，我從不和他們玩在一起。我在這方面分得很清楚，這樣，我才知道要用什麼樣的態度去面對什麼樣的人。

巧漫不喜歡吵的地方，再加上她是愛情模範生，不想讓男友擔心，所以她不愛去夜店。但我偏偏喜歡，那裡是人性裡慾望最赤裸的地方，我可是在那裡見識到了不少所謂的現實和假象。

有另一半的人就越愛去夜店，說自己很乖的通常最好約去一夜情，這世界就是這麼做作，好像不演戲就活不下去一樣。我很享受坐在包廂裡，看著不同的人上演不同的八點檔劇情，而芝芝跟我有差不多的嗜好。某個晚上，我們剛好見證某個女生拿酒瓶敲破愛玩男友的頭，我和她同時笑了出來，因為這樣對上了眼。各自喝酒的我們，最後併了桌，亂聊了一會，留下彼此電話，誰有局誰就約。最好笑的是，我們認識快八年，卻從沒在白天的時候見過一次面，但這樣的關係讓我很自在。

我想，晚上不會無聊了，「要去哪？」

「老地方、老時間。」

「知道了。」

「等妳囉！bye！」芝芝說完就掛掉電話，比我還快狠準。

快走到飯店時，正好經過飯店後方熱鬧的商圈，有不同的街頭藝人在各自表演。我就這樣邊欣賞，邊往飯店移動時，某個樂團表演的旁邊，我看到提著鐵桶的周東漢也站在那裡聽著，臉上好像一秒閃過八種表情。我解讀不出來那些情緒，唯一相同的，就是他臉仍然那麼臭。

明明就是在聽好聽的歌，也要不開心？

我就這樣看著他臉上表情像是跑馬燈一樣的出了神。樂團演奏結束，現場響起了熱烈的掌聲，周東漢要離開時，正好對到了我的眼神。我第一次看到他眼裡有慌張，雖然只有一秒。接著，他就撇過頭去，看到我好像看到鬼一樣。

算了，反正他都說討厭我這種女人。

我就這樣往飯店走，碰巧一直走在他後頭。拐了個彎，我們走進巷子，而他還是走在我面前。他回頭看了我一眼，我忙著解釋，「我沒有跟要跟蹤你，只是順路。」

「我沒妳那麼自以為是。」他說完，轉過頭繼續走。我真的氣到差一點就拿鞋子往他後腦勺丟，但我不想跟他計較，逕自快速往前走。經過昨晚吃的牛肉麵店，想超越他時，他突然左轉進一間店面裡。我忍不住望了過去，是間豆花店。

裡頭沒什麼客人，有個老太太正在擦桌子，見周東漢走進，上前接過他手上的鐵桶，正好也和我對上了眼。老太太親切的對我微笑，我也急忙回了一個微笑，然後周東漢又瞪我。我真的有夠倒楣，趕緊繼續往前走，回到我住的飯店。

短短一天，先是和巧漫吵架，和卓元方擦肩而過，後來又跟蔡德進起爭執，又一直碰到討厭我的周東漢。幸好芝芝來電約我喝酒，不然這漫漫長夜，我要怎麼熬過去？我的安眠藥可是沒帶回來。

於是，我換上短洋裝，化了誇張的眼妝和唇妝，連我自己都突然認不出我自己，上次化這麼濃的妝都不知道多久前了。人真的很奇妙，以為自己好像多勇敢的往前走，突然停下來仔細一看，雖然不至於原地踏步，但不過是在繞圈圈，我還不知道自己得繞幾圈。

整理好，我離開飯店時，Joe 和 Amy 一直看著我低語，我在猜她們可能在想這是幾號房的客人。我微笑的對她們揮揮手，她們一臉錯愕。我轉身走出大廳，坐上計程車，想到可以好好喝酒，心情好了起來。

到了常去的夜店，我熟門熟路走到老位置，芝芝已經在裡面了。她給了我一個大大的擁抱，把酒都推到我面前，「我不知道妳口味有沒有變，所以妳自己挑。」

我笑了笑，隨便拿了杯 shot 就喝。芝芝沒有對我噓寒問暖，也不會跟我說她生活的苦，就是聊聊今天的音樂有點爛，調酒也是難喝死了。

「再難喝，我也喝了好幾杯。」我說。

「妳是多渴？」她笑我。

我沒理她，繼續喝著，繼續很沒主題的對話著。我喜歡這樣，聊些不重要的事，聊完就忘，不用佔據妳的記憶容量，不是很棒嗎？

突然，芝芝壓低聲音跟我說：「欸，YouTuber 女團來了。」

「啊？」我聽不懂。

「妳很遜耶，法國是沒有 YouTuber 喔？」

「有，但我很少看。」

「以前我們在跑夜店的時候，都是女藝人吃香，現在換 YouTuber 了！」她用眼神示意我看看斜前方的包廂，「妳看，那一堆都是 YouTuber，有的還比藝人紅，也不知道在紅什麼……」

芝芝說到一半看向我，停住，然後馬上解釋，「妳跟她們不一樣，妳紅得有道理。」

「什麼道理？」我笑著反問她。

「至少妳沒拍那種無聊的影片，而且妳比較漂亮。」

我笑出來，「第一次聽到妳稱讚我，真是有夠沒誠意的。」我和芝芝乾了一杯後，這時有人來搭訕。我們同時轉過頭去，這才發現，我和芝芝的市場居然現在只剩下女性，男人都去哪了？

「嗨！」芝芝尷尬的點頭對她們笑笑。

「可以坐嗎？」一個長相跟聲音都很甜美的女孩這麼問我們。

「坐啊。」我回答她。

她開心入座，拉著一起來的另外兩個女生也坐下。芝芝大方的把酒給她們，那位甜甜的女孩開口對著我說：「我很欣賞妳，真的好喜歡妳在 Instagram 上 po 的旅行點滴。」

「謝謝。」我好想問其他經營社群的人，回答這種問題到底有沒有ＳＯＰ，我發現我好需要。

她冷不防問我，「那妳知道我是誰嗎？」

我愣了一下，可能是酒喝多了，不小心把心裡話說了出來，「我應該要知道嗎？」頓時，夜店裡的音樂好像為我停了下來一樣，一陣靜默。

芝芝打圓場的說：「我知道妳是誰，文什麼菲的嘛。」

「文亦菲。」她強調著，然後睜著大眼睛看我。

我不知道她想得到什麼回應，只好對她說了聲，「嗨。」

她表情一僵，繼續說：「我是經營時尚美妝的 YouTuber。」坐她右手邊的女孩也忙著跟上，「我是經營美食頻道的小花。」然後換左手邊的女孩說：「我是經營不正經頻道的外星人鬼鬼。」

我和芝芝對看了一眼，同時給三個女孩一個微笑，再同時說了聲，「嗨。」我真的不知道要說什麼，我剛以為我在看什麼韓國少女團體介紹，大家好我們是少女時代，現在是少女時代，以後是少女時代，永遠是少女時代！

文亦菲起身坐到我身邊，「家葦姊，有沒有機會合拍部片？」她看起來也沒有小我很多歲，明明也三十出頭了，為何一定要尊稱我一聲姊？我沒有那種被喊姊覺得很光榮的嗜好。

我客氣的說：「不方便。」

「為什麼？我知道妳滿低調的，也不拍影片，就是經營 Instagram 而已，但因為這樣才特別有神祕感，如果我們合作，我相信點閱率一定很高！」

芝芝搖搖頭說：「妳是拍時尚開箱、美妝的，家葦就是 po 一些生活日記，根本不對頻啊，難道是要叫家葦當妳的化妝模特兒嗎？」

「不一定啊，現在頻道可以多元化經營啊。」

「不用了，我不喜歡拍影片，而且我只是短暫回台灣，很快就要回去，也沒有時間。」

「時間是可以商量的嘛！」她不死心的繼續說：「就看在我是妳粉絲的份上，不能答應我嗎？還是妳想開價？不然妳說說看合作價碼，我可以跟經紀人討論看看怎麼拆帳，我不會佔妳便宜的。」

我覺得她有點聽不懂人話，但我還是盡量保持禮貌的說：「我沒興趣。」

「家葦姊，拜託嘛，妳 Instagram 追蹤人數加上我 YouTuber 的訂閱人數，這片拍出來點閱率一定很高的，我們可以拍二十幾歲跟三十幾歲妝容的差別，也可以拍二十幾歲女人跟三十幾歲女人對愛情不同的看法……」

我聽不下去，芝芝更聽不下去，「妳是幾歲？」

「二十九。」

「那跟三十幾歲有差別嗎？」

「當然有。」她說得理直氣壯，我和芝芝完全無法反駁。她又繼續說：「像我剛說的那些題材很多人喜歡看，我覺得這真的可以做！」然後她拉著我撒嬌。可我偏偏最討厭人家不好好說話，明明可以正常語調開口，何必非得這樣伊伊喔喔的，而且為什麼一直要強調我三十幾歲，關她屁事？

那個鬼鬼跟著說：「還是家葦姊妳要來上我的不正經頻道？我們來聊按摩棒？妳看起來

很open，對這個領域應該滿熟悉的，可以介紹一款給我的粉絲啊……」

鬼鬼還沒有說完，被文亦菲看了一眼後瞬間噤聲，看起來文亦菲是她們的老大。

但在我的世界，我才是老大。我喝了杯酒，語氣冷淡的說：「不管是什麼頻道，我就是不想拍。」

文亦菲有些酸又故作開玩笑的回應我，「家葦姊很難商量耶。」

「對。」我說完，芝芝用腳踢了我一下，用唇形跟我說：「別把她惹哭了！」

但芝芝實在想太多，文亦菲比我想像的還難纏，「家葦姊，我都這麼誠心誠意邀妳了，妳幹嘛讓人家這麼失望？」

到底是我喝醉，還是她喝醉了？到底知不知道自己講什麼？這到底是什麼邏輯，我真的聽不懂，我只覺得她真的是耳朵有夠硬，到底是要我把話說得多難聽她才甘願？

「妳不要對我有期望不就好了嗎？」我淡淡的看了她一眼，開始和芝芝喝起酒聊起自己的天，把她們當空氣。文亦菲這才甘願起身，一臉不悅的帶著她的軍團回她們的座位。我喝著酒，仍可以感受到她邊走回去邊回頭看我的眼神有多不爽。

芝芝冷哼了一聲，「那個文亦菲真的是很把自己當回事耶，還是現在二十九歲女人都這麼機歪？講話的方式真的讓人火都上來了，她的粉絲知道她這麼囂張嗎？欠爆料耶。」

「別管她。」我不想因為她壞了我喝酒的心情。芝芝點點頭又叫了兩排酒來，我們兩個把 YouTuber 女團丟到一旁，開心的喝著。還遇到幾個好久不見的酒友，不是跟老公、老婆離婚，就是跟我和芝芝一樣單身，才會回來夜店混，大家又一起喝酒。

江湖就是這麼大，有人留、有人走、有人來，也有人走了又來。

但我不得不說，文亦菲的眼神始終追著我不放，就連芝芝也發現了，「那個文亦菲幹嘛一直往這裡看？」

「誰曉得。」因為這種被盯著看的感覺太讓人煩躁，所以我酒喝得有些猛，甚至開始覺得有些醉了。

但芝芝還沒有喝夠，「要不要換個地方續攤？」

我搖搖頭，「下次吧，我酒量退步了。」我和芝芝準備離開夜店，經過文亦菲的包廂時，她們又盯著我看。

芝芝反倒比我還不爽，在我耳邊低聲叨唸，「她們是想找妳打架是不是？一直看是在看屁啊！」

芝芝也有些醉了，回頭想去找那個 YouTuber 女團問清楚。幸好我手快把她拉了出去，幫她攔計程車，給了她一個大大的擁抱，送她上車後，我才轉身離開。我想吹點風，便打算走一會兒，沒想到走到肚子餓，只好又走進便利商店買飯糰，怕口乾又買了啤酒。吃吃喝喝完，反而覺得更醉，今晚真的是各種混酒。

我趕緊趁著我還有意識時，攔了車準備回飯店，沒想到坐上車沒多久，車子的震動就讓我一直覺得反胃。一到飯店門口，付完計程車費，我衝下車，根本來不及進到飯店去廁所，蹲在巷口旁的水溝蓋邊就吐了出來。

人就是喜歡自找麻煩，想要心情好去喝酒，喝的時候很爽，吐的時候覺得世界都要滅亡。狂吃的時候很爽，減肥的時候，就覺得當初為何要這麼放飛自我，一發不可收拾。

我真的是連續噴發的吐，甚至覺得連前幾天在法國吃的可頌都吐出來了。最後吐到直接癱坐在地，氣喘吁吁。吐到會喘的人，會不會全世界我是第一個？就在我重重嘆了口氣時，我看到有雙腳走到我面前。緩緩抬頭一看，周東漢的臉又出現在我眼前。

到底有沒有這麼剛好？

「妳是不是很喜歡坐地上？」他冷冷的說。

「關你屁事。」我也冷冷的回。

「如果我把妳這個樣子 po 上網，妳的粉絲應該很失望吧。」又來一個說我會讓人家失望的。我不明白，我過我的日子，我不偷不搶，只不過不想跟人家拍片，只不過喝個酒抒解自己的情緒，就會讓人失望？

為什麼總是期待別人是個好人，而不看看自己是什麼樣子？

「你以為我在乎嗎？是我叫他們來追蹤我的嗎？是我拜託他們要喜歡我的嗎？我有答應過他們，我不喝酒，不會茫到站不起來嗎？還是我吳家葦創了個 Instagram 帳號，剛好有人追蹤我，我就得要變成他們期待的那種樣子？還是我努力變成他們想要的樣子，他們就會對我的人生負責？我活著不是為了讓別人不失望，是讓我不對自己失望，有錯嗎？有嗎？我就是不想簽名拍照不可以嗎？我就是不想跟別人拍片合作不可以嗎？幹嘛隨便對別人指手畫腳，你每次臭臉脾氣差又難相處，好像全世界都欠你一樣，我有說你這樣不行嗎？啊？」我衝著周東漢吼完又忍不住吐了，但只是乾嘔。

在我吐到再也不出來時，那雙腳離開了，街頭的空虛、胃的空虛、心的空虛、人生的空虛，讓我幾乎無力的直接躺在柏油路上。我沒有要過什麼大富大貴的日子，我只是想快樂，難道快樂比中樂透還難嗎？

幸好現在是半夜三點，不然可能有人報警，說某知名商圈巷弄內有不知名女屍一具。我看著沒有星星的夜空，累得忍不住閉上眼睛，睡意瞬間朝我襲來。我知道自己不能就這樣睡著，但我真的好想好想好想好想睡。

就在我快要失去意識時，一股力量把我拉起來，不讓我躺著。下一秒，一道冰涼的感覺就這麼敷上了我的臉。我回過神，才發現周東漢正用冰毛巾狂揉我的臉。我頓時想起了小時候賴床，阿嬤也是這麼用力幫我擦臉，挖眼屎跟擤鼻涕。

「痛。」我想拉開他的手。

但他還是死命的擦。我氣得咬了他的手一下，他痛得放開，「妳是發瘋喔！」

「很痛耶。」

「不這樣妳怎麼會清醒？這什麼時候了？還想睡在這裡？」

「關你什麼事？你不都想 po 上網爆料了嗎？」

「我沒帶手機。」

「所以剛剛有帶你真的會拍？」

「重點就是我沒有帶。」

「那你現在帶了嗎？」我推開他再度躺下去，「給你拍啊！拍啊！」

他又把我拉起來坐好，繼續用毛巾擦我的臉，「早知道我就直接帶一盆水，用潑的看妳會不會比較快醒！」

我覺得臉快要破皮了，火大的拍開他的手，「醒了啦！你對女人都這麼粗魯嗎？」

「對妳這種自以為是的女人，需要溫柔嗎？」

「那你幹嘛幫我擦臉，你走了就走了，幹嘛又回來？既然我這麼自以為是，你又那麼討厭我，你幹嘛我管是生是死，還是為什麼睡在巷子裡？你真的很奇怪耶！」

被我這麼一說，他惱羞成怒的把毛巾丟到我臉上，「好，妳自生自滅吧。」

他說完就丟下我走人。我氣得拿下臉上的毛巾，努力站起身卻又一次跌坐在地上，痛得叫了一聲。他停下腳步看著我，我也看著他，接著他再次轉身離開。沒關係，活了三十幾年，哪次跌倒不是靠自己站起來的？我扶著牆緩緩起身，緩緩往飯店移動，在我要走進飯店時，我似乎還看到周東漢站在那裡。

似乎。

我扶著腰跛著腳進飯店。今天是 Amy 值班，她看到我的模樣差點尖叫，「吳小姐，妳沒事吧？」

「沒什麼，只是跌了一下。」

「不是吧！看起來不只是跌了一下，妳整張臉都很可怕……」她馬上用手機殼後面的鏡子讓我照一下，我跟她的反應一樣，差點尖叫。周東漢用毛巾把我的妝全擦花了，我現在真的跟鬼沒有什麼兩樣。

「對不起，嚇到妳了。」我真心誠意道歉。

「不會啦，妳趕緊上去休息，有什麼需要幫忙的嗎？」

「可能需要醫藥箱。」我的膝蓋跟手肘都有些刺痛，應該是受傷了。

「好，我馬上請人送上去。」

「謝謝。」

我轉身離去要按電梯時，Amy 突然跟我說：「吳小姐，其實妳這樣比畫濃妝可愛很多，身為資深粉絲，我喜歡看妳自然的樣子。雖然不應該在妳需要休息的時候趁亂告白，可是因為看妳自己去那麼多國家旅行，我今年初和男友分手後，也自己去旅行了。謝謝妳，讓我看到世界這麼大、這麼美好。」

「謝我幹嘛？我又沒有幫妳出機票錢，也沒有幫妳規畫行程，是妳自己帶妳自己去的，妳才要謝妳自己。」

「但妳給了我勇氣。」Amy 眼睛閃亮亮的看著我。我給了她一個微笑，此時此刻，給我勇氣的人是她。

雙向的善意，真好。

我一回到房間，醫藥箱已經在房間裡了。站到鏡子前，我又差點被自己嚇死。快速的卸了妝，洗了澡，幫自己上好藥之後，一沾上枕頭，我就幾乎睡死。

然後隔天醒來痛死。

各種痠痛讓我幾乎下不了床，但再不下床，我會餓死，昨晚吃的全吐光了。我用樹懶般的速度梳洗，等我離開飯店時，已經又過了一個小時。我站在飯店門口，不知道該往哪裡去，該去吃什麼。

只好又走進巷子，準備去吃牛肉麵。經過豆花店，我忍不住往裡頭看去，周東漢不在，而那位老太太正在搬鐵桶。看她吃力的幾乎要把整桶豆花打翻，我只好快步過去，跟老太太說了句，「我來！」

然後把她拉到一旁，用力的要提起鐵桶時，我必須說，那真的是我離死亡最近的一刻，全身痠痛讓我根本沒辦法用力，而且更痛。好的，我根本提不起來，丟臉的偷看了老太太一眼，她仍是親切的微笑，關心的說：「是不是很重？」

「不重、不重。」我乾笑三聲，這個時候說我搬不起來，難道又要丟給老太太嗎？於是我抱著跟人生決一死戰的決心，用力把豆花桶拎起。但要放進豆花桶櫃裡又是一個難題，當我死命抬起來要往裡放，真的力氣用盡，手上的豆花桶快要提不住時，有人接了過去。

「雞婆什麼啊妳。」周東漢口氣很差的說完，一手就把豆花桶輕鬆放進櫃裡了。

我瞪了他一眼，老太太馬上唸他，「你怎麼這樣說話，人家小姐是好心幫我。」

周東漢口氣不好的朝老太太說：「所以妳為什麼自己提？我不是說等我外送回來再換就好嗎？」

「你語氣幹嘛那麼差？」我忍不住出聲。

周東漢頓時愣了一下，收拾自己脾氣。老太太忙緩頰，「沒有啦，我兒子是關心我，因為我的心臟不好，提太重的東西對身體不好。」

「所以他都用這種語氣關心人的嗎？」

「他是嘴硬心軟啦。」

聽到老太太這樣幫周東漢說話，我實在是聽不下去，「是嗎？我完全不覺得他心軟過，他對我超凶的，每次碰到就是給我臉色看，對我說話又酸言酸語，他還罵我自以為是，說我是瘋查某！昨天晚上他拿毛巾狂擦我的臉，擦到我整個妝都花掉了，還差點嚇到飯店人員，根本就想看我笑話。」

老太太錯愕的看著我和周東漢，「飯店？毛巾？擦臉？阿漢，你昨天半夜出門是去……」老太太的語調好像在懷疑什麼。

我和周東漢倒抽一口氣，他馬上解釋，「我是去買消夜，剛好在巷口看到吳家葦蹲在那邊吐，想說讓她清醒一點，才回來拿毛巾給她擦的。」

「對！飯店是我自己住的，跟周東漢完全沒有關係。」

「你們認識啊！」老太太問。

我和周東漢異口同聲，「不認識。」

「你們不是知道彼此的名字？怎麼會不認識？」

我們又再一次異口同聲，「認識！」

「到底是認識還不認識？」

周東漢又開始不耐煩，「媽，認不認識不重要，反正我跟她不熟。」

「朋友當久了就會熟啦。」老太太笑笑的說。

「我怎麼好意思高攀？我想周先生對朋友的要求也是很高的，像我這種瘋查某，哪有榮幸成為他的朋友？」

「阿漢，你真的是……怎麼可以亂罵人家漂亮小姐呢？道歉！」老太太推推周東漢，他拒絕的說：「我為什麼要道歉？欸媽，妳有看過哪個女生醉到忘了自己穿短裙，直接躺在大馬路上睡的？然後為了不讓空姐被性騷擾，故意拿果汁去潑人的？」

「你上次不也喝醉了，跑去尿在冰箱裡，還是我清的！像那種吃人家豆腐的混蛋，要是我就拿鹽酸潑他了，果汁根本小事。」

看到老太太居然為我說話，我感動的不得了，「謝謝老太太。」

「別叫我老太太，我也沒多老，叫我周媽就好。」她親切的拍拍我的手，我頓時得到莫大的力量，開始告起狀來，「周媽，妳都不知道，昨天晚上他明明看到我跌倒，也沒有來扶我，就自己走了耶。」

周媽看著自己兒子搖搖頭，周東漢一臉委屈，「媽，妳現在是怎樣？隨便聽個女人罵自己兒就相信了？我每次去幫她，她都叫我不要雞婆，我幹嘛好心被雷親還要去扶她，而且我還站在那裡看她走進飯店才回家的，這樣還不夠仁至義盡嗎？」

原來他一直站在那裡，是為了要確認我到底有沒有回到飯店？

「你就是一臉凶樣，又不會說話，才讓人家誤會你，這是你要改進的。」周媽中肯。

周東漢指著我說：「她不也一樣。」

「我哪裡一樣了？」我不滿的回他。

「真的要我說出來？」

「你說啊！」

「婚、紗……」他故意緩緩的說了兩個字，昨天在婚紗店逗怡可，還有跟巧漫吵架的畫面，頓時在我腦海閃過。

「閉嘴喔！」我瞪著周東漢。

他抓到我的把柄，一臉得意，好像擁有全世界似的用開心的表情繼續說：「還去別人家裡亂嗆。」

我忘了，我去嗆蔡德進的事他也看到了。我這次沒有叫他閉嘴，而是直接衝過去，摀住周東漢的嘴，「再說你就死定了。」

結果一個重心不穩，我和周東漢跌到了一起，周東漢的背壓壞了一個塑膠椅。

下場就是周媽在店裡做生意，我在後面的儲藏室幫周東漢擦藥。

「妳自己說妳是不是瘋查某？」他還在氣。

「好啦，我是！可以了嗎？我真的不知道會害你摔倒。」我有點委屈，忍不住拍了下他的背，他痛的瞪了我一眼。我現在已經很習慣被他瞪了，沒好氣的繼續說：「看你那麼壯，誰知道你下盤這麼弱啊？」

「怎麼不說是妳太重？」

「我哪裡重了？我標準身材好不好？」

「那就是妳粗魯！」

我更氣的往他痛的地方再一拍。他繼續罵我，「下流、卑鄙！」我真的沒有跟他客氣，藥水一抹就死命狂推他受傷的地方。看他痛到狂叫，我就更開心，結果他一個反手壓制住我，我整個跌坐到他的腿上。下一秒我們對看了一眼，再下一秒，我們各自彈開。

因為都被剛那一秒的近距離嚇到。

如果不打算堅持到最後，那就把遊戲規則定好。
我是這麼想的。
結果，破壞規則的人是我，
遊戲毀在了自己手上，我把自己推進了深淵，
也救不了自己。

第四章

不就是不小心跌坐在他的腿上嗎？

結果周東漢瘋狂的擦自己的腿，好像我屁股有痣瘡會傳染給他一樣。要不是周媽來叫人，他可能會擦到大腿破皮。看他那個討人厭的樣子，我真的好想好想好想打他。

「你在幹嘛？」周媽看自己兒子這麼神經質，也忍不住問。

「碰到髒東西。」他看了我一眼後，回答周媽。

我怕我會忍不住衝上去灌他喝跌打藥水，只好把藥水還給周媽，「周媽，藥擦好了，那我要回去了。」

「別走啊，妳應該還沒吃飯吧！我煮了麵，一起吃。」

「不用了。」我和周東漢又一次異口同聲。

他被周媽瞪了一眼，周媽拉著我說：「我連妳的份都煮了，就一起吃吧！」我沒有機會再拒絕，就被周媽拉了出去，坐在豆花店最裡面那桌。

周媽把麵遞到我眼前，「這是絲瓜蛤蜊麵，不曉得妳愛不愛吃。」

「謝謝周媽，我不挑食，什麼都吃。」

「但妳整個人看起來很挑剔。」周東漢吸了一大口麵邊說，被周媽偷捏了一下。

周媽打圓場，「阿漢的意思是說妳看起來很漂亮，很像有錢人家的女兒。」

「我不是。」我吃了口麵，這家常的味道，讓我想起了阿嬤，「這麵真好吃。我阿嬤也煮過絲瓜麵，但她沒有加蛤蜊，只有加蛋。小時候家境不好，有蛋吃就很開心了。」

周媽探問：「妳是阿嬤養大的啊？」

「媽！」周東漢覺得尷尬，阻止周媽再問。

「是啊，不過她在我高中畢業的時候就過世了。」我微笑回答，看了也正在看我的周東漢一眼，用唇語問他，「看屁啊？」他瞪了我一眼，繼續低頭吃麵。

周媽一臉快哭出來似的問：「那妳後來呢？」

「靠自己啊，半工半讀。」

「妳爸媽呢？」

「媽！」周東漢更大聲喊，嚇了我和周媽一跳。我知道他在緊張什麼，但我不在意，即便蔡德進在我心目中比陌生人還陌生，但在這個社會定義裡，他就是我的父親。

「我媽在我很小的時候就生病過世了，我和父親沒有來往。」我說完，低頭吃麵。

周媽溫暖的手拍了拍我的背，「唉唷，真是辛苦妳了。」我突然眼眶溼溼的。周媽繼續說：「有空常來找周媽，想吃什麼就跟周媽說。」

「謝謝周媽，但我不會在台灣待太久。」

「為什麼？」

「我只是回來參加朋友的婚禮，很快就要回法國了。」

「妳住法國？」周媽驚訝的問我，又小心翼翼看了周東漢一眼，好像法國是什麼不能說出口的禁忌一樣。我看著低頭吃麵的周東漢，想到我們是在法國機場碰到的，他是去法國玩的嗎？但看起來不像，外出旅行的人，臉不會臭成那樣吧。

「嗯，我本來在航空公司當空服員，前兩年離職後就先四處玩了一圈，因為喜歡法國，就決定住下來了。」

周媽點點頭，又望了周東漢一眼。他仍是低頭吃麵。我試著轉移話題，讓凝結的空氣再次流通時，巧漫打了電話過來。我趕緊去旁邊接了起來。「葦，忙嗎？」

「在吃飯。」

「是喔，我本來也想約妳吃飯的，那妳晚上還有空嗎？怡可幫我辦了個婚前派對……」

我打斷了巧漫，昨天會發生那些事，就是我跟巧漫對彼此都不夠誠實，即便我們的目標是一致的，誰都不想放棄對方，但我們忽略了自己的情緒。因為都想讓彼此好過，所以我離開台灣，保持距離，而她拿了錢給蔡德進，好阻止他來騷擾我。

可是再這樣下去，會磨掉我們之間的感情，我想我得老實說。於是我起身，走到一旁想好好的說：「巧漫，怡可對我一向很有意見，我還是不去了，妳們玩得開心點。」

「葦，怡可她真的不是故意針對妳。」

「我知道，我沒有怪她。事實上我很開心，我不在台灣的時候有她陪妳。妳相信我，我對怡可一點意見也沒有，可是我不能阻止她討厭我，我也不想每次都讓妳夾在中間。如果我們還要繼續當朋友，最需要做的一件事，就是不要勉強彼此，更不要勉強自己。其實妳可以想像，我去了，怡可不高興，妳也不會開心，我連喝酒都會噎到。何必讓彼此這麼辛苦，妳說是嗎？」

電話那頭先是靜默了一下，接著我聽到巧漫恍然大悟的說：「對，妳說得沒錯，是我太勉強妳，也太勉強自己，太希望妳和怡可也能成為好朋友，太希望我們趕快回到過去那樣，我真的是……」

「巧漫，妳不要把責任又攬到自己身上，這是我們共同的問題，我們一起慢慢解決好不好？」

巧漫過了一會，才放心一笑，「好。」

這一刻，突然覺得我們好像回到了過去。原來，解決問題最快的方式，就是直接面對問題。即便不能馬上解決，但當妳對自己和別人誠實時，心情才會是最輕鬆的。

我心情很好的和巧漫再說了幾句才掛掉電話，回到位置上繼續吃麵，但周媽不在位置上。周東漢看了我一眼說：「和好了喔？」

我愣了一下，警戒的看著他，「你到底都聽到了多少？」

「幾乎全部吧。」我給了他一個白眼。

「幹嘛瞪我？我也不是很想知道。」

「那你就裝不知道啊！奇怪耶。」

「我就是知道，幹嘛要裝不知道？」

眼前那碗麵我真的很想朝他潑過去，結果，周媽端了水果過來，唸著周東漢，「你幹嘛又大聲嚷嚷，又惹家葦生氣啦？」

「我幹嘛惹她生氣，她自己隨時都會自爆。」我們互瞪了一眼。

周媽無奈笑笑，招呼著我，「家葦，吃完麵這裡有蘋果，都要吃完才能走。」

「順便桌子擦擦，把碗洗洗，不要白吃白喝。」周東漢吃起水果，還不忘指使我。

然後周媽好像想起什麼，突然問周東漢，「對了，我廚房昨天放在桶子裡漂白的那條抹布，你拿去哪了？」

我麵吃到一半，緩緩抬頭看向周東漢。他蘋果吃到一半，緩緩的撇過頭去，幾乎是同時，我們站了起來。周東漢馬上站到周媽後面，害得我拿起來要砸向他的塑膠椅，還停在我的手上。

「周東漢，你真的是嫌命太長是不是？」就算周媽在面前，我還是忍不住吼他了。

「我怎麼知道那條是抹布，明明看起來滿乾淨的。」

「你聞不出來漂白水的味道嗎？」我傻眼。

「聞不出來。」他理所當然的說。

還好這次不用我出手，周媽就幫我懲罰他了，換他擦桌子跟洗碗，然後做了碗珍珠豆花給我吃。昨天在婚紗店沒機會把豆花吃進嘴裡，今天這麼一吃，真的讓我滿驚豔的，「好好吃喔！」比起布丁豆花，我更喜歡傳統豆花，這豆花吃起來口感綿密，糖水甜度又剛好，珍珠也煮得好好吃。

但，為什麼店裡沒人啊？從我坐在這裡吃麵、吃水果，跟周媽亂聊一通，一直到現在吃點心，我還沒有看到半個客人進來，我覺得很意外，小心探問：「周媽，這附近人潮不是很多嗎？我看牛肉麵店生意也不錯，但是……」

「你是要說我們生意很差是嗎？」周東漢冷冷插嘴。

「我是要說這麼好吃的東西跟來店的消費率不成正比。」

「官話。」他說。

「是你害的吧？臉那麼臭，客人都不敢進來了。」

周媽笑笑，「大多都是老客人啦，現在年輕人貪新鮮，喜歡去漂漂亮亮的咖啡店拍照，對我們這種老店沒興趣啦！」我覺得不是，是沒有好好做行銷，店裡稍微整理一下，把風格統一到底，傳統老店才是打卡王道。本來想建議一下周東漢，但怕被他嫌我多事，我玻璃心，還是閉嘴了。

但我不是那種白吃白喝的人，我要離開時，決定外帶二十杯。結果周媽硬要周東漢幫我提回飯店。

「我可以自己來。」我拒絕讓周東漢幫忙。

「她說她可以自己來。」他本人也不是很想幫我。

周媽沒好氣的打了他一下，「飯店就在前面而已，你是男人幫忙提一下會怎樣嗎？家葦在台灣的這幾天，你就多照顧她一下！」

我想到那條漂白水抹布，直搖頭，「周媽，不用了，我習慣自己照顧自己。」說完，我轉頭看向周東漢，然後他也正看著我。我再一次用唇語問他，「看屁啊！」然後提著豆花要離開。周媽沒好氣的推了周東漢一把，他才心不甘情不願的把我手上的豆花拿走，「我如果沒有幫妳提回去，可能這個家也不用回來了。」

「知道就好！」周媽滿意一笑，接著又跟我說：「家葦，晚上如果沒出去，再來我家吃飯。」

我很感動，真的很感動，「謝謝周媽。」

於是我和周東漢肩並肩往飯店走，他看我一眼，「我媽站妳那邊，妳是不是很得意？」

「神經。」他腦迴路到底是怎麼跑的？

「不然妳幹嘛看起來很暗爽的樣子？」

我有嗎？我只是心情還不錯，只是……「很久沒有被長輩關心跟照顧，覺得很開心，不可以嗎？」我瞪了他一眼，他閉嘴沒有再說話，然後幫我把豆花提進飯店大廳。

今天在櫃台輪值的是 Joe，我請她把豆花給工作人員分享，「記得幫我留一杯給 Amy。」我提醒 Joe。

「知道妳有想到她，她一定很開心。她超喜歡妳的。」

我微笑的說：「我也很喜歡她。」

「我任務結束了，我要走了。」周東漢特別向我交代，很怕我會去跟周媽打小報告一樣。

雖然他很討人厭，但該道的謝，我是不會吝嗇的，「謝啦。」

不過他就是白目，硬要回一句，「妳最好是真心的。」

「快走。」就是要人家語氣差，他才會開心。

他本來要走，又轉過身跟我說：「妳那個手肘再去擦一次藥。」他指指我手肘，我低頭一看，才發現因為摩擦，ＯＫ繃都移位了。我意外的看著他，沒想到他居然這麼好心，還會提醒我，這人真的是讓人摸不清。

「知道了。」我說完，他點點頭後，轉身要離開時，突然停住了腳步。我好奇的望了過去，也愣了一下。文亦菲從門口走了進來，看到我，便朝我揮手走來，卻在經過周東漢的身旁時，突然停下，跟他打招呼。

「阿漢，你怎麼在這裡？」文亦菲叫他阿漢，他們認識？

「來外送。」周東漢淡淡回應。

「好久不見，你都不接人家電話。」她開心的拉著他的手說。

「在忙。」他抽回手回答。

我看周東漢的表情，和他不自然又壓抑的語調，覺得這兩個人肯定有過什麼。文亦菲又上前勾著周東漢的手，「找時間一起吃飯？我有好多話想跟你說。」

「再說吧。」周東漢再次抽開自己的手，快步離開飯店。我看著他離去的側臉，如果我沒猜錯，會出現這種表情，應該是被文亦菲甩過？

我還在思考時，文亦菲走了過來，「家葦姊，沒想到妳剛好在大廳。」

「妳是來找我的？」

「對啊。」

「妳怎麼知道我住這裡？」

「我找朋友幫我問芝芝姊的，因為我有東西要還妳。」

「什麼東西？」

文亦菲從包裡拿出項鍊，對我說：「昨天妳們離開後，我去廁所經過妳們包廂，在地上撿到這個。印象中有看到妳戴，所以就把它拿來還妳。」

我從她手上接過來，說了句，「謝謝妳專程送來。」

我說完要離開時，她又喊住了我，「家葦姊！」

我回頭，她對我說：「不請我喝杯飲料嗎？」

我看著她燦爛的笑容，愣了一下，才說：「好。」

然後我和文亦菲走到飯店對面的楊桃汁攤，我買了兩杯，一杯給她，一杯給我自己。我狠狠吸了一口，這種楊桃汁在國外可是沒有的，是我想念的味道之一。但她看起來不是很想喝。

「不喜歡楊桃汁？」

「嗯。」她也誠實回答。

「那我也沒辦法囉，飲料我都請了。」

她笑了笑說：「家葦姊總是這麼有個性嗎？」

「是討人厭。」

「真的不考慮一起拍片嗎？」

「我不要。」我給了她一個微笑後，轉身要離開。

「讓我這樣一直拜託妳，妳是不是很高興？」她突然嗆了我這句話。我突然可以理解周東漢討厭我自以為是的心情，就跟我現在討厭文亦菲的心情一樣。

「所以啊，如果妳覺得委屈，何必一直找我呢？我並沒有很用心經營 Instagram，我也不在乎追蹤人數。」

「那是家葦姊現在只服務VIP客人，就不用靠粉絲賺錢了，所以才不在乎追蹤人數吧，我記得妳之前不也靠粉絲做過代購？」

「那又怎麼樣？我做代購發文的頻率跟沒代購的時候有差嗎？我的態度從以前就是這樣，我沒有為了賺錢去討好過誰，而且我現在做什麼工作，又和妳有什麼關係？」

「妳幹嘛那麼生氣，我又沒說什麼。」換她一臉委屈。

我笑了出來，「我何必跟妳生氣？我和妳又不熟。」我想起了芝芝說她真的很把自己當回事，「謝謝妳拿項鍊還我，但別說一起拍片了，我連跟妳講話都不太投機，還是少接觸比較好。」

我說完要離開時，忍不住提醒她，「既然妳說妳是經營美妝時尚的 YouTuber，那就別用假貨，即便A貨再真，它永遠都是假的，總是會有破綻。那不只是對時尚的一種污辱，也是在羞辱妳的觀眾。」

我看了她身上那個邊邊車線跑掉的小香包一眼，轉身離開。我當然知道文亦菲會有多不爽，但比起讓自己不爽，我還是決定讓別人不爽比較好，我不希望剩下來的幾天還得面對她的糾纏。

但我不得不說，如果周東漢真的被文亦菲拋棄過，我一定會笑他一輩子。

就在我走回飯店時，子瑛姊打電話給我，「在幹嘛？」

「遇到怪人。」

「誰？」

「算了，不說了，反正不重要，妳在哪？」

「要去飯店找妳的路上。」

「幹嘛？」我問完，但還沒有得到答案，通話就結束了。

下一秒，有台計程車停在我身後，子瑛姊按下車窗，朝我喊，「上車！」

我愣了一下，趕緊上車。

不到幾分鐘，我們到了大飯店喝下午茶，我看著三層點心架，上面有可頌、提拉米蘇，還有各種小蛋糕，可是我完全沒有胃口，「欸，我還想比較想去吃臭豆腐或麻辣鴨血。」

「這些東西妳在法國吃膩了，我可沒有。」子瑛姊笑笑的咬了一口可頌，我只是喝了口茶，忍不住問她，「妳今天怎麼搭計程車？妳的車呢？」

「今天不想開車。」

「而且天氣這麼熱，妳穿什麼高領啊？」

「因為飯店很冷啊。」

「而且妳今天居然沒帶包？」

「有卡就好，帶什麼包，妳今天問題很多耶。」子瑛姊沒好氣的看了我一眼。可能是今天被文亦菲煩到，我情緒特別敏感。

我笑笑的說：「反正就覺得妳今天有點不一樣。」

「哪有什麼不一樣，每天都一樣啦，妳明天要當伴娘了，心情怎樣？我滿擔心妳的。」

「沒事。」

「看到心愛的男人跟自己好朋友走向紅毯，真的沒事？」

「不然我要去跳海嗎？我可能還沒辦法為卓元方痴情到這種地步。」愛到為對方去死，不是痴情，是見鬼了。

子瑛姊突然打量起我，猛盯著看，不知道的人會以為她喜歡女生吧。「幹嘛一直看我？」我不喜歡被人盯著看，不管是誰。

「妳今天說起卓元方的語氣怪怪的。」

「有嗎？」

「很像在說一個很久沒見的朋友。」她說。

我這才突然覺得，回台灣之後，卓元方這個名字反而頓時離我好遠。我在法國不是每天想他嗎？怎麼和他在同一城市時，那種想念卻突然消失了？我此時此刻呆坐在這個位置，頓時感到無比的空虛。

那種空虛，是堅持後的白忙一場。

我過去兩年的執著、想念、寂寞，那都是些什麼東西？

「怎麼了？」子瑛姊有些擔心的看著我。我回神看著她，然後笑了出來，止不住對自己的嘲笑，我笑到子瑛姊莫名其妙的問：「妳瘋啦？」

「對。」我也覺得自己瘋了。

「到底怎麼了啦？」子瑛姊再問。

「沒事，算了。」我還沒有搞清楚那種空虛到底是怎麼回事，沒辦法解釋，「對了，林太太的包包和鞋子妳給她了嗎？她前天晚上還傳訊息給我，說東西還沒拿到。我昨天本來要問妳，但又忘了，難道東西還沒有寄到？」

「我昨天早上給她了。最近芯芯準備上幼稚園，要準備的東西很多，我也是被搞得好亂。」子瑛姊搖搖頭。

既然貨給出去了，那我也就安心一點，「那就好！我還特別請櫃姊幫我留林太生日的限量號碼，她拿到應該很開心。」

「林太太生日的製造號嗎？」子瑛姊驚訝的問我。

「對啊，妳的表情幹嘛那麼驚訝？之前富強建設的劉夫人請我幫她找限量錶，也是拿到剛好她生日的限量號碼。」

「我知道啊，只是妳沒早點跟我說，這樣我拿給她的時候，就能提醒她了。」子瑛姊看起來有些慌張。

「讓她自己發現才是驚喜啊。」我說。

「也是，那個我去打個電話，問一下芯芯今天去幼稚園的狀況。」子瑛姊說完就出去打電話。不就是打去幼稚園，有需要跑到外面講嗎？今天整個世界都怪怪的，連我也是。

沒多久後，子瑛姊回來了。

「芯芯還好嗎？」我問。

「嗯，今天沒哭。」她笑笑的喝了口茶，突然握住我的手，「家葦……」

「幹嘛？」很久沒被牽手，我是很想念，但女人就算了。

「謝謝妳。」她沒頭沒尾的說。

「妳今天真的很怪耶。」

「我愛妳。」她又繼續認真的說。

我嚇得馬上把手縮回來，「下午茶妳自己喝，太可怕了妳，今天好像中邪，我要回去了，再見！」我跟子瑛姊揮手再見，她也對我微笑揮手，離開前，為了子瑛姊的那句我愛妳，我去結了帳才走。

然後，我一回到飯店大廳，Amy 就走了過來。我以為她要謝謝我請她吃豆花，她卻跟我說：「吳小姐，有人找妳，等了一陣子了。」

「誰啊？」

Amy 指向大廳旁的咖啡廳，透過落地玻璃，我看到卓元方站起身，給了我一個客氣又不失禮貌的微笑。我有些錯愕，但不知道為什麼，我卻一點也不緊張，我朝他走過去，拉了椅子坐到他面前。

「有什麼事？」

他也坐下，「好久不見。」

「有嗎？昨天不是見過？」難道卓元方連我們昨天那匆匆一面都沒放在心上嗎？但也不能說他沒有，我其實也沒有就是了。要不是剛才子瑛姊的提醒，我也忘了我們見過一面。

他低頭喝了口咖啡後問我，「要喝什麼？我去幫妳點。」

「不用了，我剛跟子瑛姊喝過。」卓元方是我第一個想介紹給朋友的男友，所以他和子瑛姊吃過幾次飯。但說來奇妙，巧漫才是最應該跟我和卓元方吃飯的朋友，不知道為什麼，時間總是對不上。現在想想，或許一切就是注定好的，他跟巧漫才是命定。

「她好嗎？」

「不錯。」

「那妳好嗎？」到底是有多沒話講，才需要在那邊寒暄來來回回。

明天就要結婚的人，實在沒必要在這裡浪費時間。我直接點出重點，「你是為了巧漫來找我的吧？」

他先愣了一下，但也直接回答我，「是，也不算是。」

「那到底是？」

「我是為了妳和巧漫，所以來找妳的。」

我笑了笑，對卓元方說：「你現在是不是覺得很對不起我跟巧漫？是不是覺得，因為你，所以我才決定在國外過日子？是不是覺得，因為你，害巧漫失去我這個好朋友？是不是覺得，因為你，一切都變了？」

他看著我，很誠實的說了，「是。」

我嘆了口氣，看著眼前這個我唯一承認愛過的男人。在和子瑛姊見過面之後，我走回飯店的這半個多小時，我一直都在想這整件事，到底是怎麼回事？為什麼我對卓元方的感覺會突然不見？

此時此刻，我好像有些通了。我深吸一口氣，「你知道嗎？在我回台灣之前，我在法國的時候，每天都在想你。」

「家葦……」他嚇到了，好像見到鬼一樣。

「甚至，我的手機螢幕桌面都還是我們之前的合照。因為，什麼都沒有的我，好像就只剩下這個了。」他想開口說什麼的時候，我伸手制止了他，「我回台灣前忘了換掉，被怡可看到了，所以她才會罵我無情無義，扯出了巧漫拿錢給蔡德進的事。後來的部分不用說了，你也在場。」

「巧漫她……」

「她不是故意的，我知道。但我很清楚蔡德進這種人有多難纏，只要退一步，就永遠沒辦法收拾。她覺得愧疚所以願意為我退一步，但這樣我就不會愧疚嗎？我們到底要這樣互相欠對方到什麼時候？」

我們兩人無奈的相視而笑。

「你不用覺得對不起我和巧漫，哪種感情不用受到考驗？如果我們撐得過去，那我們這輩子都會是好朋友；如果因為一個男人過不去，那這麼脆弱的友情早晚都會結束的。我相信你沒有那麼重要。」

他笑了出來，「不愧是吳家葦。」

「那還用說。」我自信一笑，「但我要跟你說，雖然好心來幫另一半解決問題讓人還滿感動的，但巧漫不是很吃這套，看在朋友一場的份上，我勸你，女人的事，最好讓女人自己解決。」

「朋友一場？我們還是朋友嗎？」

我看著他，搖搖頭，「不是，你現在只能算是我姊妹的先生。」他愣了愣，我繼續告訴他，「我們都別貪心，也別理想化，其實我們都只是普通人，得要很努力很努力才能幸福的普通人。」

「妳成熟了很多。」

「我也這麼覺得。」我把手機拿起來，手機螢幕亮了一下，卓元方的眼神也閃過一絲驚慌，但現在已經不是我和他的合照。他暗暗的鬆了口氣，我笑了笑，告訴他，「你知道嗎？我以為換掉照片我會難過，但我沒有。我以為刪掉我們過去的合照，我會哭，但我也沒有。我一直在想，為什麼我之前要每天想你？我好像找到答案了。」

他有些口乾舌燥的喝完整杯白開水，一臉很怕我要跟他告白的樣子。

「我是得要一直想你，才能證明我還能愛人這件事。」因為在有蔡德進的家庭裡長大，我以為我不會愛人，更以為自己不能，但是卓元方的存在，讓我知道自己可以，所以我一直很珍惜這樣的感覺，不願意走出來。

卓元方不捨的看著我，「不是妳不能愛人，是過去的妳會害怕，但現在的妳不一樣了，比我過去認識妳的時候還要更堅強。」

「是嗎？」

他用力點頭，「愛是選擇，只要妳願意選擇，妳就能去愛。」

我笑了笑，太不適應我們兩個之間走這種慈濟上人的溫情路線，「好了，話說完你就該走了。你這種準新郎的身分，明天就要結婚，還跑來飯店找前女友，到底是想害我，還是想作死你自己？」

「巧漫不會誤會的。」

「但別人會。」

他笑笑說：「知道，我馬上走就是了。」他起身，我們一起走出咖啡廳。在要送走他的時候，有幾個小孩的媽媽不知道去哪裡幹嘛了，放著孩子在大廳裡邊喝飲料邊吵吵鬧鬧追逐。突然一個小男孩朝我衝過來，卓元方拉住了我，結果沒發現另一邊也有個暴衝的小孩，就這麼撞上了他，巧克力冰沙整個潑到他身上。以這個分量看來，那小孩應該只喝了一口，然後小孩開始放聲大哭。

我真的傻眼。

Amy 趕緊過來幫忙，也叫了清潔人員。我看著他狼狽的模樣，為了怕人家誤會他拉屎在自己身上，我只好把房卡給卓元方，「你先去我房間整理一下好了，我在樓下等你。」

卓元方上衣跟褲子被潑得整個都是，還流到了他的鞋子上，他也只能無奈點頭，拿了我的房卡上去。我請 Amy 去找看看有沒有備用的男生衣服可以換，Amy 趕緊去幫我找，但很不巧的是，今天男同事沒有值班。而之前有些衣服客人忘了帶走，但聯絡後確定不要了，也在前天請人回收了。

我突然想起了某個人，然後快步跑了出去，直奔豆花店。看到周東漢在擦桌子，我馬上上前跟他說：「你可不可以借我一套衣服？」

他一臉莫名其妙的看著我，「我幹嘛要借妳衣服？」

「我朋友需要替換。」

「妳朋友又不是我朋友。」

「要不是沒時間去買，我幹嘛跟你借？」

他低頭看著我，用挑釁的眼神說：「我不想借啊。」

我深吸口氣，「好，算了。」

轉頭要走時，周媽不知道什麼時候出現，拿了一套運動服給我，「家葦，妳先拿去給妳朋友穿。」

「媽。」周東漢不滿。

「你小氣什麼啊？你明明就不是這樣的人，怎麼老是愛惹家葦生氣？」周媽沒好氣的瞪了周東漢一眼。

換我得意的看著周東漢說：「謝謝周媽。」

於是我快跑回飯店，請 Amy 幫我送衣服上去房間後，沒多久，卓元方就穿著周東漢的運動服下來了。我覺得好好笑，這樣的衣服還是只適合周東漢。

卓元方走過來，看著我問：「笑什麼？」

「沒什麼，這套真不適合你。」

「妳哪來這套衣服？」

「跟朋友借的。」

卓元方突然往旁邊一指，「是他嗎？」

我轉過頭去，就見周東漢提著豆花，很不爽的瞪著我，而他身上是另一個顏色的運動服，難怪卓元方會猜到。我沒理周東漢，只對著卓元方說：「不重要啦，你快回去吧！飯店這裡會負責把你的衣服洗乾淨，你之後來拿，再把身上這套衣服交給櫃台就好了。」

「好。」他點頭。

下一秒，周東漢要去送豆花，經過我旁邊時，故意撞了我一下。卓元方趕緊扶住我，「沒事吧！」我還來不及轉頭罵周東漢時，就看到怡可站在不遠處，一臉不高興的看著我和卓元方。

剛我還警告卓元方這樣來找我是不對的，他還說巧漫不會誤會，但現在卻被全世界最會誤會的蘇怡可看到了。我馬上推開卓元方，覺得人生好難。

卓元方還在問我，「妳朋友是不是在生氣？」

喔，現在生氣的何止是周東漢，還有蘇怡可呢。

我不想解釋太多，直接攔了輛計程車讓卓元方上車後，蘇怡可才緩緩向我走來。我以為她會給我一巴掌，但她只是把手上的禮服袋丟給我，「想說昨天害妳和巧漫吵架，不想讓巧漫為難，自告奮勇幫她送修改後的伴娘禮服來給妳，結果妳真的不負我所望的勾引自己朋友的老公耶。」

「我沒有。」我說。

「都抱在一起了，還說沒有？」

「我是被撞到，卓元方伸手扶住我而已。」

「妳騙人。」

「要不要我請飯店調監視器給妳看？」我是認真的，為了證明我的清白。

但怡可顯然打算要誤會到底，不為什麼，就因為我是吳家葦。「不需要，妳沒有和方哥保持距離，就是妳的問題！」

「妳開心就好。」我撿起伴娘禮服要回飯店。

怡可攔住了我，「我不管妳有多少藉口和理由，如果妳再一直糾纏方哥，我就上網爆料妳搶朋友老公，手機螢幕還放著朋友老公的照片！」

「隨便妳。」我有理說不清，轉頭要走，就聽到蘇怡可的河東獅吼，「吳家葦！」

這時候如果我再回頭，又是一陣沒完沒了，所以我加快腳步回飯店，但蘇怡可跑過來攔住我，一副開恩的模樣說：「今天的事，我不會告訴巧漫，但妳明天要好好表現，不准靠近方哥一步，也不可以跟他說話，離方哥越遠越好！」

我真的是又好氣又好笑，「那如果他自己來跟我講話呢？」

她一臉正經，「妳也不能回答他。」看看她有多天真？多可愛？她見我不回答，又說一次，「聽到了沒有？」

「好！可以了嗎？」回台灣的每天都過得好漫長。

她聽到我的回應才甘願離開，當然不忘再瞪我幾眼，好讓我謹記在心、知難而退。都沒有人跟怡可說，她那張可愛的臉根本裝不出凶狠。

我收拾心情，轉過頭要走進飯店時，有人堵在門口。我直接撞了上去，嚇到我差點沒大叫出聲。

抬頭一看是周東漢，我都還沒有罵他，他就冷冷的對我說：「小三當得很開心？」

「你這話是什麼意思？」

「問妳啊！為什麼那個男的會出現在這裡？」

我才要回答，他又繼續說：「有這麼愛嗎？愛到人家要結婚了，妳手機還放跟他的合照？愛到人家要結婚了，還找他來飯店？請問一下你們是幹了什麼才需要換衣服？」

我伸手想給他一巴掌時，他抓住了我的手，「幹嘛惱羞成怒？我有說錯嗎？」

我氣到直接咬他的手，他痛得縮了回去。

我冷冷的看著他，「你說得沒錯，我就是這種賤女人，怎樣？關你什麼事？跟你借個衣服就這麼不爽？不然那套衣服多少？我賠你！」

我說完，從皮夾裡拿了三千塞在他的口袋裡。用力推開他後，抬著頭、挺直了背走進飯店，因為我知道周東漢還在看著我，我不想認輸，我想守護自己的尊嚴直到最後一刻。一直到進到電梯，我才整個人癱坐在電梯裡。

我很清楚在這個世界做自己需要付出很大的代價。

不想解釋，就會讓別人更誤會你。但為什麼非得向全世界解釋？我自己知道自己是什麼樣的人不就夠了嗎？

事實上，我今天才知道，遠遠不夠。

但我還是沒有打算妥協，我還是不打算向任何人解釋什麼，畢竟就算我再費盡心力去解釋，他們也不一定會愛我，那我寧願省下討好別人的力氣，專心愛我自己。

因為這個世界上，只有自己對自己的愛，才會毫無保留。

你的堅持，有時在別人的眼裡一文不值，
但不需要難過，
你懂自己的信念價值連城就行。

我快速回到飯店房間，周東漢那些咄咄逼人的羞辱，讓我氣到跑進廁所吐了好一陣，幾乎把胃都吐出來了。那種自己拚了命守護的信念，在別人眼裡根本什麼都不是。雖然我不是為了別人而活，但我無法接受的是，他們為什麼不能尊重別人的生活方式？

我從未批評任何人的人生，為什麼卻總有人可以理所當然的指責我？

在我還想不透這個問題時，我的手機響了，是巧漫打來的。我沒力氣接，接下來就收到她傳來的訊息，問我有沒有收到伴娘禮服。我收拾心情回訊息給她，說我收到了，文字後面還附贈了三個愛心貼圖。

然後我又去吐了。我竟然容許自己這麼委屈求全，這一切讓我的胃更不舒服。我幾乎是抱著馬桶，吐到吐不出東西，直到自己終於有力氣再站起來，才去好好的洗了個澡，準備好好睡一覺，告訴自己，戰過明天之後，一切就可以結束了。

甚至明天婚禮一結束，我就可以改機票，用最快的速度離開台灣，大家各自安生過日，

Love and peace again.

可能是吐累了，我很快就帶著鬱悶到死的心情，睡著了。

隔天，在鬧鐘的叫喚下，我瞬間驚醒，還回想一下昨天發生了什麼事。喚起自己的記憶後，才起床梳洗化妝。我告訴巧漫，除了伴娘禮服，她什麼都不用幫我準備，我自己化妝、自己到會場，只要給我地址和時間就可以。

我習慣一切靠自己。

化好妝，換好伴娘禮服，我離開飯店，站在門口等車時看向巷子口，想著如果有機會遇到周東漢，我要怎麼回擊。我應該要衝上去，給他十分鐘的巴掌，像張無忌打滅絕師太一樣，妖尼姑妖尼姑妖尼姑妖尼姑妖尼姑！

當我沉浸在那樣的痛快中，有人叫了我，「小姐，是妳叫車的嗎？」

我回神，尷尬的對著司機笑笑，「對！」然後打開車門上車。在心裡可惜打不到周東漢這個妖尼姑。

很快的，我抵達舉辦婚禮的高級飯店。才剛踏進門口，就聽到有人喊我的名字。我嚇了一跳，回過頭看，更加嚇了一跳，居然是林太太。我馬上換上有禮的笑容，跟她寒暄了起來。

「天啊！我還以為我看錯，真的是妳啊！怎麼回來沒有跟我說一聲？」林太太拉著我開心的說。

「我只是回來幾天，參加好朋友的婚禮，過兩天就要走了，想說不要驚動大家。」

「說這什麼話！妳不跟其他人說也就算了，我們是什麼交情？我昨天才跟陳太太聊到妳呢，我們都在說，怎麼像妳這麼好的女孩，居然還單身，大家搶著要幫妳介紹男朋友呢。」

林太太緊牽我的手。我想起第一次碰到她是八年前，那時候他老公在香港開分公司，她還不是什麼富太太，星期一到五她在台灣照顧母公司陪孩子，假日就飛去香港和老公相聚。我非常佩服她的毅力。現在她已是上市上櫃公司的董娘，只是我仍舊叫她林太太。

女人只要認定了一個人，就會狠狠燃燒一次。

「別開玩笑了啦，我又不住台灣。」

「那個陳太太她妹妹的先生的姊姊的兒子也在法國念書啊！」

「林太太，我三十幾了耶。」

「這時代戀愛不分年紀，差個十幾歲有什麼關係？」

她一說完，我差點沒被自己口水嗆死，「別鬧了，這麼沒良心的事，我做不到！」我笑到臉都要僵了。

此時林太太的朋友剛好經過，我本來想趁兩人招呼時順勢退場，結果她還是抓著我的手。不知道的人大概會以為我是來參加她兒子婚禮的。那位朋友從頭到腳稱讚了林太太身上的所有打扮，林太太何止心花怒放？她開心到連外面人行道掉下來的樹葉都成了花。

「這都靠我的私人風格師啊！今天一身打扮都是她打點的。」林太太把我推到了火線上，「這是家葦，聽過嗎？聽我女兒說，她在什麼 Instagram 上面可是有名的紅人，但我們早在她當空姐的時候就認識了。那時候我兒子才剛高中畢業，現在都要結婚了！」

那位朋友這才仔細看我，驚訝的說：「我知道！我最近剛玩 Instagram，朋友推薦我幾個一定要追蹤的網紅，裡面就有她，沒想到林太太人脈這麼廣。」我聽著她們互捧，再聽林太太狂誇我。

整整過了五分鐘，我不知道如何是好，然後那位朋友開心的拿起手機，指著她的帳號跟我說：「家葦，如果我私訊給妳，妳要回我啊，我的餐廳很快就要開幕了，我想找些好看的歐洲復古燈飾，再請妳幫我找找啊。」

我不停的點頭微笑。朋友總算先離開了，但林太太還沒打算讓我走人，猛說著我在法國找設計師幫她訂製的禮服，還有特別幫她找的鞋子，甚至是那款限量包都狂被稱讚。她女兒還喜歡到吵著今天都要背那個包包。

「謝謝妳讓我今天這麼有面子啊！」她開心的又擁抱了我一下。

我才想問她有沒有發現包包的限量號碼是她的生日時，又有人來叫她了。我只好也指了指左邊的會場，我也得去找巧漫了。

「瞧，我們多有緣分，就這麼剛好碰到。連參加婚禮都在同間飯店，只是不同會場。晚上來我家吃飯！」

「我……」

「看妳住哪間飯店，我請司機去接妳，就這樣啦！」林太太拍拍我的臉。也不管我有沒有答應，她就是當妳答應了。大部分的貴夫人都這樣，基本不會給你拒絕的空間。

我也只能做好心理準備晚上可能又要喝到醉死。轉身走進會場內的新娘休息室，巧漫已經換好新娘禮服，彩妝師正在幫她補妝。我看著拿捧花的她，頓時想起了我們剛認識，還穿著制服的拙樣。

「我想結婚啊。」十八歲那年，她這樣跟我說。因為她不滿乾媽被自家親戚欺負還忍氣吞聲，與其勸不聽她看了痛苦，最好的方式就是離開那個地方，眼不見為淨。

我們最徬徨、最無助、最叛逆，最怨懟這個世界的時候，幸好我們還有彼此。沒有人知道，一個普通女孩面對原生家庭的忽略及暴力，需要多少勇氣才能不讓自己變壞。

這個世界裡，沒有人是好好長大的，大家都是小心再小心，努力再努力，才能走在還算正確的路上。

後來她和孫樂群在一起就是十年，還說沒意外的話，就是嫁給他了。誰知道，人生最多的便是意外，孫樂群毫不遲疑把她十年的青春燒成了灰。在她最痛苦難過時，遇見了不需要她再用力燃燒也能幸福的男人卓元方，也解開了和乾媽之間的心結。

我不是沒想像過巧漫穿上婚紗的樣子，只是沒想到居然比我想像的更美，美到我眼睛痛，美到我想哭，美到我想生氣，氣老天爺真的不能再讓這麼好的一個女人受傷。此時此刻，我發現一個事實，這世界上，我最希望能幸福的人，不是卓元方，而是巧漫。

巧漫補完妝就看到我呆站在門口，急忙喊我，「葦，妳怎麼站在那裡，快點過來啊！」

我回神笑笑的走了過去，還沒說上半句話，忍不住伸手就緊緊擁抱住她，我也感覺到她緊緊的抱著我。

在這一秒，那些因為卓元方、因為時間產生的距離，完完全全不見了。如果我有三個願望可以實現，其中一個就是願李巧漫此生平安順利。

我突然感覺到我的肩上溼溼的。輕輕放開巧漫，才知道她哭了，不到一分鐘整個妝又都花了。此時怡可進來，見巧漫哭了，就馬上氣得對我大聲說：「吳家葦，妳幹嘛把巧漫惹哭？是不是妳說了什麼？」

「怡可，妳又來了，不要老是對葦這麼有敵意好嗎？再這樣我真的會生氣。不然趁現在我們三個都在，妳把不滿都說清楚，否則我怎麼跟妳解釋，妳也不會相信她！」巧漫邊哽咽邊補妝邊發火。

「她……」怡可想說什麼，看到我又忍住。她還是捨不得巧漫難過，不可能說出她之前看到我手機上的合照，更不可能說出卓元方昨天私下去找我。我覺得，要一個這麼討厭我的人突然接納我，也是一種為難。

此時，卓元方進來，打斷了這一場尷尬。他自然的跟我打招呼，我也自然的回應他，但看在怡可眼裡，我仍是個覬覦朋友另一半的小三，故意在吊男人胃口。卓元方走向巧漫討論婚禮細節，怡可還瞪著我。

我走過去，小聲的在她耳旁說：「妳眼睛都要掉出來了。」她氣得想打我，然後我對她說了一句，「謝謝妳。」

她傻住了，「妳不要以為我沒講出來是在幫妳。」

「我是謝謝妳對巧漫這麼好。」

「關妳什麼事？」她有些詞窮的說。

「因為她對我很重要。」我對怡可笑了笑，她一臉錯愕。

這時乾媽進來，一看到是我，又哭了。雖然說我不能算是她養大的，但在我搬到屏東念書認識巧漫之後，巧漫有什麼，我就有什麼，甚至在蔡德進被債主討債時，她二話不說暫時收留了我跟阿嬤。在我們有一餐沒一餐的時候，是她讓我們可以喝到熱湯、吃到暖飯，我不覺得那時候的自己可憐，我也不容許自己讓自己可憐，那不是我的錯。

我很努力告訴自己，在那樣的家庭長大不是我的錯。

為什麼我要覺得丟臉？當三姑六婆說我家閒話時，我還是堂堂正正的走在那些人面前，乾媽總會說我好棒。出社會後，她是我唯一我願意盡到所謂孝道的長輩。

「不要哭啊，乾媽。我從國外寄給妳的營養品跟保養品有沒有吃？有沒有用？」我抹去她的眼淚。

她緊握住我的手，說著我好久沒聽見的台語，「有啦！都有呷，就想妳耶。」

「我也是。」我忍住眼淚，輕輕擁抱著她。那我人生的第二個願望就給乾媽好了，願她快樂健康。

巧漫起身，也擁抱了我們。我覺得她的化妝師真的會生氣，她又掉了眼淚，等等又要補妝。我決定陪乾媽出去外面招呼客人，免得她又突然感動，再補第N次妝。我和乾媽離開前，我們三個人拍了張合照。巧漫拉了怡可過來，我擁有了我、巧漫和怡可的第一次合照。

化妝師看我們拍得這麼開心，就說要幫我們全部的人拍一張，怡可馬上站到我和卓元方中間。我真的會被她笑死，移動了位子，左手拉著乾媽，右手拉著巧漫，這大概是我這兩年來最幸福的一秒。

後來怡可留在休息室裡陪巧漫，我和乾媽就到會場裡。巧漫那些原本瞧不起她們母女，但最後改變的親戚們也到了。乾媽去招呼他們入座，我就去招待桌幫忙收禮金和帶位。

無可避免的，我又被認出來。但我大方微笑，一樣拒絕了合照，也沒有簽名，倒也沒有阻止別人偷拍我，或是故意在自拍的照片裡把我拍進去。今天巧漫結婚，我不想當個太難搞的人，反正眼一閉，忍一下就過去了。

當然，也不免聽到一些閒言閒語。他們都以為自己說得很小聲，但我就是剛好可以聽得見。我也常有疑問，她們是在小聲假的嗎？

「欸她好難搞。」巧漫一些大學同學帶來的女友或老婆們，開始在一旁吱吱喳喳，等她們男友或老公在禮金簿上簽完名。

「對啊，不就是拍張照。」

「我前天在微風遇到文亦菲，她人超好的。」

「真的假的？好好喔！我覺得她超美的。」

「我也覺得她滿漂亮的，重點是她本人超親切。」

啊？難道有兩個叫文亦菲的人，只是我遇到的那個比較機車？

「重點是合照、簽名都可以。妳們看，這是我跟她的合照。」幾個女人就在那裡羨慕起來，好像合照就得到全世界一樣。她們看完合照，還同時瞄我一眼。我真的是何其無辜？

現在 Instagram 就是很單純我記錄個人生活的平台，難道這樣也要做粉絲服務嗎？我沒理她們，繼續忙我的，她們又在那裡說：「她是不是幾乎沒有負評的 YouTuber 啊？」

「應該是，大家都滿喜歡她的，她還紅到去上節目耶。」

「可是我比較喜歡她以前教小資化妝跟穿搭，可能現在有賺業配，身上全是名牌。她最近幾支影片都在開箱限量包包耶，昨天上的那支影片還是什麼全球限量幾個的包。」

「哇，那要多少錢啊？」

「聽說可以買一台車。」

「好好喔，我也要去當 YouTuber，隨便拍拍就很好賺。」

我真的很受不了這種看輕別人辛苦的人。哪個工作是隨便做做就能賺的？就算去陪酒，也是拿自己的身體來賭。如果覺得是隨便喝喝就有得賺，那她們要不要去喝看看？還好她們的另一半很快結束簽名，領走了她們，不然我白眼會翻到天上。

但是，我對她們說的限量包很有興趣。

能買得起限量包的話，又怎麼可能用假貨？還是說，她買了限量包，錢花光了，只好穿A貨、戴A貨？但有必要把自己過成這樣嗎？怎麼都說不通。我好奇的拿起手機，打開YouTube，搜尋了她的名字。

瞬間，我的螢幕塞滿了她的臉。

第一個影片縮圖上的包包，居然和我幫林太太挑的同一款！這怎麼可能？它只流通給VIP客戶，除非是像我這樣花生命和時間和櫃姊交朋友，拿得到第一手資料的人才有機會買到。

文亦菲是怎麼買到的？

我沒有瞧不起文亦菲，而是覺得太不可思議。我好奇的想點進去看時，卓元方來叫我，「家葦，客人都到了差不多，要準備進場了。」

我點點頭，只好先收起手機，快步前去新娘休息室。巧漫已經跪在李媽面前，讓李媽為她蓋上頭紗。我看著她的眼淚再次滴在白紗上，突然想，有媽媽幫自己蓋頭紗到底是什麼感覺？畢竟我連聲媽都沒叫過，我媽就死了。

有媽媽、有爸爸，有一個正常的家到底是什麼感覺？

我想，我這輩子都很難了解。

我幫忙扶起巧漫，整理她的白紗。走到會場門口時，她回頭看著我，眼神裡說了好多話。即便她沒有說出口，我都可以感受到她想說什麼。我給了她一個微笑，說出我這趟回來最重要的一句話，「要幸福喔！」

她用力點頭。

門開了，主持人的聲音從裡頭傳來，「讓我們歡迎新郎、新娘入場！」全場響起掌聲，我看著巧漫和卓元方緩緩走了進去，我沒有遺憾、沒有落寞，只有滿滿的感動。

婚禮的儀式很簡單，因為巧漫說她不想當個餓肚子的新娘，所以兩個人上台各自說了I do，再法式深吻一下就結束了。接下來就是特別安排的一些表演節目，卓元方當然沒有請電子花車，但就是找了魔術師、找了樂團，找了各種有趣的人來表演，還有抽獎！整個婚禮不像婚禮，倒很像除夕特別節目。

坐在我旁邊的乾媽，整個人看到笑得闔不攏嘴，會場裡全是笑聲。或許，這才是卓元方和巧漫最想看到的。

當魔術師很老梗的又在變鴿子時，突然有個包就這麼直接扔到我面前的桌上，碗筷全打翻了，連飲料杯也是，東西全都灑了出來。我嚇一跳，趕緊拉著乾媽起身，她身上的紫色禮服都溼了。

因為這個聲響，大家都愣住了，全場一片安靜。變出來的鴿子飛到我們這一桌，好像在逛街一樣，看著為什麼眼前的這些人都不動？

我回神，看向後方的人，竟是林太太。我一句話都還沒有出口，她就先給了我一巴掌。「我這麼相信妳，妳居然賣假貨給我？啊？我今天才用這個包，帶子就斷了。妳知道我兒子婚禮現場有多少有頭有臉的人嗎？妳怎麼可以這樣對我？」林太太說到哽咽。

乾媽心疼我，上前出聲，「有話好好講，不要打人。」

我把乾媽拉到身後，努力恢復鎮定，才想開口，林太太又朝著我罵，「妳還想解釋什麼？這個包就是假的！要不是有朋友在場幫我鑑定，我還打死不信妳會這麼做！吳家葦，我們認識這麼久了，妳沒錢妳可以說，但妳怎麼可以這樣破壞我對妳的信任？虧我對妳這麼好！妳老實說，還有什麼是假的？鞋子嗎？」

林太太說完，把鞋子脫下來就往我身上丟，沒有再給我解釋的機會就走人了。離開時，還撞上了巧漫布置在一旁的婚紗照，整個掉了下來，相框也斷了，感覺很不吉利。頓時，整個會場的人都在對我指指點點。

尤其是剛才那幾個女人。

我走過去，想把那張婚照撿起來，結果被怡可搶先一步。她氣呼呼的看著我，「吳家葦，妳是存心的嗎？妳的事為什麼要在巧漫的婚禮上鬧開？場面搞得這麼難看，妳是不是就開心了？前一晚跟人家老公見面，今天又破壞人家婚禮，說什麼祝福，都是狗屁！」

全場又是一陣吸氣聲。

直到此時此刻，我都還沒搞清楚這到底是怎麼一回事。事情發生得太過突然，我還來不及為自己說上半句話，就迎來一連串的責罵。我回過頭去，所有人都看著我，大概是想看我還會鬧什麼笑話。

見巧漫和乾媽擔憂的往我走來，不想讓她們難做人，我快速的撿起包包和鞋子，說了一句對不起後，幾乎是用逃的，逃離了會場。就連我搭上計程車回到我的飯店，腦子裡都還是一片空白。我快速換掉伴娘禮服，灌了一大瓶水後才緩緩恢復鎮定。深吸口氣，我拿起帶回來的包包和鞋子觀察起來。

鞋子百分之百不是假貨，但這個包包連我看了都覺得奇怪，這真的是我當初幫林太太挑的那個嗎？樣式、花色都沒有問題，但最奇怪的是邊角的縫線有些粗糙。

越看越覺得這包不像是我挑的那個，轉到後頭一看，上面根本就沒有限量號碼。我真的以為自己見鬼，這根本不是我幫林太太買的那個包，那我買的那個呢？現在在哪裡？

我拿起手機，把所有來電和訊息通知都關掉，我現在沒辦法接任何人的電話，也不想看到任何人的簡訊，尤其是巧漫。我剛剛才毀掉她的婚宴後逃跑，有什麼資格接受她的安慰？

我現在唯一想聯絡的人，只有子瑛姊。

如果我交給她的東西是完整沒有錯的，那之後到底是哪個環節出錯？於是我撥子瑛姊的手機，想問她整個交貨過程到底怎麼一回事，但她手機沒有接，而是直接轉進語音信箱。我沒有時間多等，用最快的速度前往子瑛姊家，按了八百次門鈴，卻沒有人來開門。

站在子瑛姊家門口，我拿起電話，幾次想打給林太太，但我現在都還沒搞清楚狀況，打了電話又能怎樣？說再多對不起也沒有用，我只想知道我買的那個包到底哪去了。

我就這樣整整等了一個晚上，都沒有看到子瑛姊或其他人回來。

心裡的不安越來越強烈，甚至去按了隔壁的電鈴，鄰居一臉錯愕的反問我，「我怎麼會知道他們要幾點回來？」

抱歉，我真的很抱歉。

我幾乎等到絕望，臉上的巴掌痕還隱隱作痛。吹了一整晚的風，我頭痛到快要死掉，無計可施，更無處可去，只好再次回到我的飯店。一進大廳裡，就看到不少人對我指指點點，還有人拿手機拍我。我覺得很不舒服，快步的想去按電梯時，Amy 和 Joe 朝我走過來，把我帶到員工休息室。

經過那群人時，我看到充滿敵意的眼神，好像我做了什麼對不起他們的事一樣。我還沒有回過神，Joe 就一臉很抱歉的對我說：「吳小姐，我知道這樣做可能會冒犯到妳，但如果可以，妳是不是能轉住到別的飯店，費用部分我們這裡來處理。」

我意外的反問：「為什麼？」

「就像妳剛看到的，這些人從下午等到現在，櫃台也接了不少騷擾電話。我想，為了妳的安全，換間飯店比較好。」

「我怎麼了嗎？」

「妳不知道嗎？」Amy 說。

「知道什麼？」我今天不知道的事真的太多太多了。

Amy 趕緊拿出手機，讓我看了爆料公社今天最多人留言的一則 po 文，「知名網紅代購卻給假貨，遭富太當場洗臉。」我有些顫抖的點進影片，是白天林太太打我的那一幕。我這才知道我被打到連退了兩步，影片一直到我狼狽逃離才結束。

底下的一千多則留言都是，「她誰啊？」「有很紅嗎？」「她之前出國都是靠人養，我朋友說的。」「幸好我沒有找她買過東西。」「什麼網紅，都是靠知名度騙人才能賺錢的。」「一臉綠茶婊樣。」「聽在現場的朋友說，她還勾引人家老公耶。」「她看起來就是狐狸精啊，不意外！」「賤女人！」

然後還附上我的 Instagram 連結，加上我以前的照片，說我肯定整形過。我之前在 Instagram 上寫的某一句話，做成了取笑我的梗圖。網友獵殺的速度快得讓人難以想像，我在今天成了台灣被罵最慘的人，是不是該覺得榮幸？

但是我到底做錯了什麼？我抬頭看著 Amy，她難過的說：「我知道妳不是這種人。」

我苦笑，「可是他們說到讓我都快相信自己是這種人了。」

Amy 擔心的喊我，「吳小姐。」

我看見她們兩人的臉上都是為難，要她們這樣趕走自己的住客，我知道是非常難以啟齒的，但總不能因為我這顆老鼠屎，造成其他飯店客人的困擾。

我現在最需要的只有一件事，就是給我一張床，讓我可以躺下來好好休息一下，我的頭真的要爆炸了。「好，那妳們方便把我的行李拿下來嗎？」

「不用急著今天換地方也沒關係的。」Amy 著急的說。

「麻煩妳們了。」今天不走，明天還是要走。

她們見我堅持，只能答應。Joe 上樓幫我拿行李，事實上我也沒什麼行李，我的行李根本還在法國。

Amy 則是拿了冰袋來給我，指指我的臉頰，「那個……妳的臉還是很腫。」

「謝謝。」我接了過來，放在我臉頰邊，還好還有那刺痛感，讓我知道自己還活著。

很快的，Joe 就把我的東西拿下來了。我請她們幫我最後一個忙，把伴娘禮服寄給巧漫。再次跟她們道謝後，決定自己另覓住處，我離開員工休息室，走出大廳，那幾個人幾乎是跟著我移動。我沒理他們，結果一走出飯店大門，想攔計程車時，卻莫名其妙被撞倒在地上。我抬頭一看，那些人居然在笑。

然後，我也笑了出來。這是什麼校園霸凌嗎？我在當太妹的時候，她們可能還在跟媽媽要十塊。

「欸，妳看她多不要臉，做錯事還敢笑。」其中一個女人這樣說。

我站起身，冷冷回應她，「我做錯什麼了？我搶了妳老公嗎？還是我賣妳假貨？」我一步步走向那個女人，「說啊，我對不起妳什麼了？」

她頓時詞窮，然後她的朋友跳了出來，又推我一把，「凶什麼？我們不能路見不平喔？」

在她還想拔刀相助時，我伸手回敬，也推她一把，「妳平常是做了什麼善事？妳看到家暴有打一一三嗎？還是看到流浪動物有心疼一下？

「妳們只是抓到機會想找人發洩而已。我賤？那妳們又是什麼東西？我現在頭很痛，沒打算跟妳們計較，但妳們再鬧下去，我們就一起上警局好了。」

我說完，某個女人就踢了我一下。我轉頭瞪著她，她先是有點退縮，但可能覺得她們人多沒什麼好怕的，又出聲嗆我，「走啊！去警局啊！我們又沒有怎樣，去警局幹嘛？」

也是，架都還沒打，怎麼上警局？

但看她們這樣，應該也不敢先出手。我真的懶得花時間在她們身上，我的頭快要痛爆了，不讓我攔車，那我走可以了嗎？結果她們又擋到我面前，故意用肩膀撞我。還有一個人故意撞的很用力，我手上東西全掉了。

「我頭真的很痛，撿起來。」我不耐煩的說，她們卻在笑。

我走過去拉了那個撞掉我東西的女生，要她把我的東西撿起來，但她甩開我的手，笑笑的說：「我為什麼要撿？我怕妳的東西跟妳的人一樣髒。」說完，還把我的包包踢得更遠，然後吆喝著她這群姊妹要走人。

我上前往她頭髮一抓，仍是冷冷的說：「撿起來。」

她被抓痛了，開始大吼大叫，要我放開。但說真的，如果我現場開放 call-in，十個觀眾可能有十個會要我別放開。其他女生也蜂擁而上制止我，但我真的是一出手就克制不住了，「我就說了我頭很痛，為什麼要一直惹我生氣？」

我死命抓著不放，而且還越抓越用力。頓時，飯店門口外亂成了一團，我在打人，也在被人打。我也不在乎有沒有被偷拍，我現在最想做的事，就是躺下來，好好睡一覺，讓我的頭不痛。

為什麼她們就是不讓我睡？

突然，有一道力量拉開我的手，把我拉了起來，我的手上還有那個女人幾根頭髮。那女人一得救，就帶著那群莫名其妙的正義女魔人離開。但是我憋了一肚子的鳥氣根本沒有發完，我還因為過度換氣，激動的要追去，「不要走啊！不是想找我麻煩嗎？過來啊！」

結果卻莫名其妙被人攔腰拉住。我火大的掙開，那人為了制止暴走的我，還不小心被我手一揮，打了一巴掌。因為這清亮的耳光聲，我才回過神來，抬頭一看，撫著臉的周東漢，眼神又火大又哀怨的看著我。

「我沒打算向你道歉。」我說。

我上前去撿我的包包，還有我散落一地的東西，他走過來幫我一起撿。「我沒有要妳道歉。」他撿了什麼，我就搶什麼回來，然後全塞進我的包裡。

起身要走時，他突然問我，「妳要去哪裡？」

我一句話都不想跟他多說，結果他上前攔住我，直接捏住我的鼻子。我沒好氣的拍掉他的手，他又伸手捏。我真的火大到直接推開他，「你到底要幹嘛？」

他伸出沾血的手在我面前晃了晃，「妳不知道妳流鼻血了嗎？」

我嚇一跳，伸手去摸，才發現自己真的流了鼻血。我趕緊從包包裡要翻出衛生紙，周東漢已經搶過我的包，拉著我往他家的方向去。我才要拒絕，他便回頭看著我，「妳有空在那裡不要、不要，為什麼不伸手捏住妳的鼻子？」

說得滿有道理的。

我捏住自己的鼻子，和他一起進到了早已打烊的豆花店。上了二樓，他要打開房門時，我警覺的退了一步。他瞪我一眼，「妳是以為妳自己很有魅力嗎？」

「有時候不是我有沒有魅力的問題，是你這個人的人格問題。」他以為所有被性騷擾的女人都美若天仙嗎？並沒有。

他被我氣到，直接把門打開，然後把我推進去，就轉身下樓。我以為我會看到宅男混亂、充滿漫畫或是電玩遊戲聲的房間。但沒有，雖然還是充滿了單身宅味，至少還滿乾淨整齊的。

不是我房間裡那種點了香氛蠟燭的味道，也不是飯店那種聞起來就知道不會住很久的味道，有點像還在屏東時，阿嬤房間裡那種充滿各種太陽曬過的味道。我坐到書桌旁的椅子上，聞著這樣有點熟悉、有些令人安心的味道。我緩緩閉上眼睛後，就失去意識了。

這晚，我做了好長的一個夢，夢裡的我一直跑一直跑，不知道在追什麼，追得我筋疲力盡，追到我氣喘吁吁，追到我不知道到底是我在追著前方，還是後面有什麼在追我。然後，「嘩」的一聲，我好像掉進了某個黑洞裡。

我驚醒。

但身體那種往下沉的感覺還在，讓我心驚膽戰。我試著回神，試著了解自己到底還在做夢，還是已經醒來。我環顧四周，微微的陽光透進，突然兩團棉花掉在我面前。我回想自己為什麼會在這裡。記憶一絲絲浮現，我才想起昨天我留了鼻血，被周東漢帶回家，然後自己莫名其妙坐在椅子上睡著，卻在床上醒來。

我睡了周東漢的床，那他睡哪？

我才想完，就見他像是剛洗完澡，頭髮都還溼的，穿著白T恤、短運動褲走了進來。他看到我醒了，也沒有說什麼，自顧自的整理一旁的東西。

我看著他問：「我們是做了什麼你需要去洗澡的事嗎？」

他被口水嗆的狂咳，「妳是瘋了喔？亂說什麼。」

凶什麼？這還不都是跟他學的？

「我是想，我睡了你的床，不知道有沒有順便睡了你。」我說真的，我很害怕這種事發生，如果我跟周東漢怎麼了，我真的會去自盡。

「吳家葦，妳這張嘴就這樣什麼都說，才會被誤會。」他狠狠瞪了我一眼。

「被誰？你嗎？」你居然自己知道誤會我了嗎？可喜可賀耶。

他逃避我的問題，「不管是誰，反正妳好好說話很難嗎？」

重點是沒有人給我時間，好好聽我說話啊，我沒回應他，因為我並不想對他掏心掏肺，我只想離開，想去忙我的事，我的冤屈尚未洗白。

於是我拿了我的東西，準備離開。

「妳又要去哪？」他問。

「去哪都好，我總不可能一直留在這裡吧？」

「那妳自己去跟我媽說。」

「啊？」

「啊什麼啊，妳該不會睡死到我媽上來看妳兩次都沒有知覺吧？反正我媽就說這兩天妳先住這裡，她比較放心。」

「放心什麼？」

「妳現在是裝傻嗎？我媽也有在用ＦＢ啊！爆料公社的影片，還是她昨天下午貼給我看的！」

他轉身去書桌前移動了一下滑鼠，螢幕亮了起來，周東漢的ＦＢ還停留在那段影片。

我真的好想大聲尖叫。

本來已經不痛的頭，又隱隱作痛起來。

很多人說，
現在辛苦一下，以後便能得到果實。
但我很想告訴他們，
人生不會苦盡甘來，你只能努力苦中作樂。
因為誰都不知道，那顆果實最後咬下去，
是酸的，還是甜的？

第六章

周東漢指著FB上的影片，很好心的問我，「要幫妳播放嗎？」

「不用了，謝謝！我看過了。」我咬牙切齒的回應他。

他一臉無所謂的點點頭後，跑去吹頭髮。我看著他，還是覺得疑惑，「你不是很討厭我嗎？為什麼要管我的死活？」

他關掉吹風機，沒好氣的說：「我想積陰德可不可以？妳也不想想現在都自身難保了，還在飯店門口打架？」

「你當沒看到不就好了嗎？」

「我怕妳把人打死，被抓去關。」

「那又怎樣。」我反問他，結果他一陣詞窮，「妳這個人很奇怪，人家幫妳，妳就接受人家的好意，問那麼多幹嘛？」

「別人幫我，我不覺得奇怪，但因為是你，所以真的很怪。不要忘了，前兩天晚上，你還在飯店門對我大吼大叫？」所以我會懷疑不是很合理嗎？如果今天換作我是他，我可能會直接走過。我就是這麼壞的人，對！因為我還在氣他那天對我說了那些話。

他沒理我，繼續吹頭髮，我不服氣的站到他面前，「說啊。」

他轉身繼續吹，我又站到他面前。幾次之後，他被我煩到乾脆不吹頭髮了，轉身要走，剛好我又往他面前一站，他一個剎車不及，我們就這麼迎面撞上。我整個人跌坐在地上，旁邊的袋子也被我掃下來，裡頭的東西掉了出來。

「妳有事嗎？不會看路？是很想再流鼻血嗎？」他沒好氣的拉我起來，但我也順手把掉出來的東西撿起來，我可是找到他怎麼突然有良心的原因了。

「你什麼時候拿到這套衣服？」那天他借給卓元方的運動服，居然已經還回來了。

他有點窘，「還回來就還回來了，問那麼多幹嘛？」

我笑了，「欸周東漢，這衣服你是怎麼拿到的？Amy 給你的對吧！因為那天我跟你借衣服的事，只有她知道。然後她順便告訴你那天發生的事，你知道自己誤會我了，所以覺得很對不起我對不對？」

他臉色青一陣紅一陣的，「吵死了。」

「我就知道。」

「吵死了。」

「我就知道！」難得勝利，我怎麼可以不得意，我不停的說：「我就知道我就知道我就知道我就知道我就知道我就知道我就知道我就知道我就知道！」

他被我煩到想逃，可是我當然要趁機會嘘爆他。我拉住想開門的他，結果他一個甩開，我又重心不穩差點跌倒，還好及時扶住了書桌。

可是因為手壓到鍵盤，網頁跳到了另一個畫面，文亦菲的影片突然播放起來。周東漢一下就上前想關掉，但我直接踩了一下他的腳。他痛得在旁邊跳，我就靜靜看著文亦菲在介紹和林太太同款的限量包。我真的可以理解為什麼大家會喜歡她，她口條清晰、笑容滿面、聲音又很好聽，總之賞心悅目。但我不能理解，邊開箱奢侈品，卻要大家別亂買名牌是什麼邏輯？打扮得漂亮，卻告訴大家其實外表不重要又是什麼道理？

我看不懂。

周東漢跳腳完又想過來關，我也沒打算阻止他，畢竟我有些看不下去。在他要關掉的那一瞬間，我瞄到了某個畫面，頓時放聲大叫，「不要動！」

他嚇了一跳，我上前去把剛才的畫面再播一次，然後定格。

文亦菲在介紹包包內層時，我看到了上面的限量號碼是一二三。就是一月二十三日林太太的生日，就是我特別挑的號碼，全世界就這一個，為什麼她會有？

這到底是怎麼一回事，我完全困惑。

周東漢見我表情不對，一臉莫名的把網頁關掉，「妳怎麼這個表情……」

我抓住周東漢，「給我文亦菲的電話。」

他眼神閃過一秒的複雜情緒，然後告訴我，「我沒有。」

「你們不是認識嗎？」

「不熟。」

「那天她在飯店大廳勾你的手，明明熱絡的很，難道是我的幻覺嗎？」

「那又怎樣？我為什麼一定要有她的電話，妳找她幹嘛？」他有些警戒的看著我。

「有事要問她。」

「什麼事？」

「你又不給我電話，問那麼多幹嘛？」我推開他，拿了手機要走人。

他馬上拉住我，「妳到底找她要幹嘛？」

我火大的瞪著他，「因為她手上那個包是我買的！」

「怎麼會？」他也很錯愕。

「我也想知道怎麼會這樣！明明該在林太太手上的包，為什麼會在她手上？結果林太太拿到假貨包，害我把好姊妹的婚宴搞得烏煙瘴氣，還得在一堆人面前挨了一巴掌，甚至被一堆網友唾棄！」

「妳意思是有可能是她偷的嗎？她不是這種人。」他試著解釋。

我故意反問：「你又知道她是什麼樣的人了？到底是熟還是不熟？還是在一起過？」周東漢表情頓時變得很難看，完完全全被我猜到了。「你不給我電話沒關係，我自然有辦法。」我推開周東漢往外走，邊打電話給芝芝，請她幫我打聽到文亦菲的聯絡方式。

周東漢跟在我身後，又拉住我，「妳現在要去哪裡？」

我完全不想理他，掙開他下樓，碰上正在店裡算帳的周媽。她一看到我，馬上來關心我，「家葦，妳什麼時候醒的？」

看到周媽，我一把火頓時關到最小，周東漢也跟著我停下腳步。周媽看了我們兩個一眼，覺得氣氛不太對勁，忍不住問我，「怎麼啦？阿漢又惹妳生氣啦？」

「沒有，我只是有點事要出去一下。」

「但也要吃點東西才行啊，妳睡了一整天，我又不敢叫醒妳。」

「謝謝周媽，我出去吃就好了，都打烊了，妳就好好休息。」

「好，那先說好啦，妳這兩天就先住阿漢房間，阿漢可以睡儲藏室。妳別再亂跑了，我會擔心。」周媽緊握著我的手，關心全寫在臉上。我感動的點點頭，頓時很想問她，我們不過只見了一次面，她為什麼不像那些說我閒話的人討厭我，而是擔心我？

但我很害怕我問了，眼淚就會掉下來，只能點點頭答應，「好，謝謝周媽。」

「好，那妳去忙，記得吃點東西。」周媽再叮嚀了我一次，我用力點點頭後快步離開，在路邊攔了輛計程車。坐上去要關車門時，車門又被打開，周東漢擠了進來。我還沒有反應過來，他就關上了車門，請司機開車。

我狠狠的瞪著他，他也不甘示弱的看我，用著我無法拒絕的理由說：「是我媽叫我跟著妳的。」

拿周媽出來壓我，真的很會。

我沒有理他，跟司機說了子瑛姊家的地址後，便拿起手機，不停查看芝芝有沒有傳訊息給我，同時看著巧漫和我的訊息框一直出現未讀數字。我深吸了口氣，點了進去，看著她擔心我的一字一句。

我傳了訊息向她道歉，「我沒事，別擔心我，但有些事需要釐清，所以我還沒辦法跟妳解釋到底是怎麼一回事。很抱歉害妳的婚禮變成這樣，真的非常抱歉，請妳給我一點時間，我會好好的。」

我一傳完，巧漫就馬上回我，「我等妳，需要幫忙隨時找我。」我這才鬆了口氣，然後點進我好久沒開的 Instagram，有支持我的人，但也有罵我，恨不得我去死的人。

突然，我的手機被抽走，周東漢直接收進他的口袋。

「你幹嘛？」我沒好氣的問。

「不要看了，那些人只是跟風，找個人罵而已。」

「我又不在乎。」我從他口袋裡再次拿回我的手機，「反正，這種莫名奇妙的事又不是第一次發生。」

「妳就這麼看得開？」

「你人生有什麼看不開的嗎？」我忍不住反問他。

他愣了一下，沒有回答。我猜是有，但他不會跟我說。「周東漢，你看我倒楣成這樣，你人生還有什麼好看不開的？雖然說不要看輕別人的痛苦，但對我跟你來說，現在都不是最辛苦的時候。」

「不然是什麼時候？」

「未來。」我回他，他不解的看著我。我繼續說：「下一秒會發生什麼事，沒有人知道，不是好就是壞，我們都有一半的機率遇上壞事不是嗎？希望你不要再這麼憤世嫉俗了好嗎？聽姊姊的話。」看他那麼幼稚，年紀應該比我小。

他先是一副聽懂的樣子，下一秒又馬上惱羞成怒，「最好妳年紀比我大。」然後我們各自說出自己的年齡，沒想到我們居然同年次。我冷冷的看了他一眼，他也神情複雜的看著我，我們頓時沒有再對話，我乾脆轉過頭去看著街景和夜空。

我看著經過的一〇一大樓，一旁有好多人用各種姿勢在自拍，我突然有感而發，覺得我就算現在死去，也沒有什麼好遺憾的。會遺憾是覺得人生還有可惜的事，但我沒有，我這種人生沒有什麼好可惜的，也沒有什麼值得我貪戀的，活著跟死去，對我來說沒有什麼兩樣。

但死之前，我還有該要到的答案。

到了子瑛姊家門口，我一下車就馬上過去按了門鈴，仍是沒有人應門。我氣得狂按起來，被周東漢制止，「妳不怕鄰居抗議嗎？妳到底來這裡幹嘛？」

我收回手。本來不打算說的，可是我現在毫無頭緒，或許周東漢站在旁觀者的角度，會有別的想法也不一定。於是我深吸口氣，淡淡帶過我和子瑛姊的關係，還有我們過去的合作模式。

結果他聽完後說：「所以也很有可能是妳這個學姊搞鬼，把包包賣給小菲賺一手，再賣假包給妳的客人。」

「我沒有說不可能，在找出真相之前，什麼都有可能。但就像你不覺得文亦菲是那種人，我也不相信子瑛姊是這種人。」我看著他，一字一句的說，他沒有回應，只是站到一旁去。我拿了手機繼續撥給子瑛姊，仍是轉進語音信箱。

不知道打了幾百次之後，我抬頭，才發現周東漢不見了。但無所謂，他一直陪我耗在這裡才奇怪。我轉頭想再按門鈴時，又突然停手，瞬間忘了根本沒有人會來開門。我只能等，等看看會不會有人回來。

我再次轉身時，手裡莫名被塞了個漢堡。抬頭一看，居然是周東漢。以為他走了，但沒有，他只是去買吃的，「先吃點東西，等一下妳暈倒，我絕對把妳丟在這裡。」我看了他一眼，沒有拒絕，因為我真的很餓。

然後我吃起了漢堡，吃了幾口，鐵捲門突然被打開，周東漢手快的把我拉到一旁，免得被車子撞到。下一秒，我就看到子瑛姊的車正駛進車庫裡。我急忙把漢堡塞到周東漢手裡，跟著車子衝進車庫，才要喊子瑛姊，卻看見從車上出來的竟是另一個女人。

「妳是誰？」我傻眼。

那個女人瞪著我反問：「我才要問妳是誰好嗎？」

「這是子瑛姊的車，妳怎麼會開她的……」

那個女人眼神閃過些不自然，但很快的就說：「胡子瑛不住這裡了。」

「什麼意思？」

「不住這裡就是不住這裡，妳有什麼毛病嗎？」

「那妳知道她人在哪嗎？」

「我怎麼會知道？妳快點離開，不然我要叫警察了。」那個女人火大的對我說。

周東漢過來把我拉走的時候，芯芯的聲音突然從車子裡傳出來，「葦葦阿姨。」

我探頭一看，芯芯一臉要哭要哭的，下一秒就哭出來了。

那個女人拉開我，再次關上車門，「妳到底走不走？」

「不走！為什麼芯芯會跟妳在一起？妳到底是誰？姊夫在哪？」

「我是楊震宇未婚妻，這樣妳聽得懂人話了嗎？」我不懂啊！我怎麼會懂？楊震宇明明就是子瑛姊的老公，怎麼會變成這個女人的未婚夫？我瞪視那個女人，「妳說謊！」我忍不住吼。

「妳真的是瘋女人！還姊夫咧？不要再亂叫了！我告訴妳，震宇去出差了，我不知道他什麼時候回來，而且胡子瑛沒跟妳說她離婚了嗎？」她一臉憎惡的看著我。

聽到她的話，我嚇到差點站不住，下一刻就被那個女人轟了出去，電捲門很快的關起來。當我回神時，只能拍著車庫鐵門，聽著車門打開，接著傳出了芯芯的哭聲。我心疼的狂喊，「芯芯、芯芯！」

「葦葦阿姨，我想媽媽，我想媽媽……」

芯芯還沒說完，就被帶進屋裡去，門砰的一聲關上。我覺得自己根本就還在睡覺，根本沒有醒過來。周東漢拉住我還在拍門的手，「好了，手拍爛也不會有人來開門。」

他直接把我拉走。我走在街上，想起我們最後見面的那次，子瑛姊什麼都沒帶，車也沒開，明明這一切就這麼不對勁，為什麼我沒有追問到底？子瑛姊有多愛她老公，我很清楚，我看著她從一開始像陷入愛情的清純少女，後來拋棄喜歡的工作，成了無怨無悔的少婦、煮婦到媽媽，付出這麼多的她，怎麼可能離婚？

我不能接受。抽回被周東漢拉住的手，決定再回頭找那個女人問清楚時，他又一把拉住我，「妳又要去哪裡？」

「你可不可以回去？可不可以不要管我？」

「我媽說，我要回去也要把妳帶回去。」

「你媽寶嗎？」

「妳覺得是就是，妳想妳再去能問到什麼嗎？不如想一想離婚的女人會去哪裡。」

「我怎麼知道，我又沒離過婚。」但以子瑛姊的個性，是不可能回娘家的。她娘家是大家族，就這麼離婚回去，保證被她爸媽、三叔六嬸七姑婆的照三餐關心。

他白了我一眼，然後說：「她沒有別的朋友嗎？」

「沒有。」有了家庭的女人，是很難再有朋友的。但我突然想起子瑛姊最愛去的那間spa，她和裡頭的技師小歡還滿熟的。我馬上打去 spa 會館找小歡。她告訴我，「其實她好一陣子沒有來了，差不多有兩個月了吧。」

「那妳有發現她最近哪裡怪怪的嗎？」

「沒有耶。啊，有時候會看到身上一些淡淡的瘀青，但她說是整理家裡的時候撞到的。可是很奇怪，她家之前不是有請保姆和掃地阿姨嗎？為什麼要她整理？而且我是有聽說他們同業的太太來按摩，說她老公前陣子生意不太順利，好像有幾個貨櫃的貨出了問題的樣子，她老公好像還拿房子去抵押。只是聽說啦，我也不太確定，她怎麼了嗎？」

「沒什麼，沒事！謝謝妳。」我掛掉電話，一陣茫然。

「怎樣？有結果嗎？」他問。我搖頭，然後收到了芝芝給我的訊息，是文亦菲的電話和住家地址。我看了周東漢一眼，他被我看得莫名其妙，「妳幹嘛這樣看我？」

「我現在要去找文亦菲，我覺得你最好不要在現場。」說完，我轉身攔車，這次他沒有跟我上計程車。本來還想先禮後兵打個電話寒暄一下，但我覺得最好的方式是直攻現場。

很快的來到了文亦菲家樓下。我付錢給司機時，他勸了我一句，「小姐，妳那個影片我有看啦，聽叔叔的話，要好好做人啦！」

我回了他一句，「我不要。」也不想找錢就直接下車。我滿意外文亦菲不是住那種新建的公寓大樓，而是老社區裡的老公寓。剛好有人走出來，我順勢進入，走上三樓，按了她家的門鈴。文亦菲來開門，一看到是我，有些驚訝。

她還沒有緩過神來，我已經推門走進去了。客廳就是她拍片的場地，一旁有燈光照明，還有不少道具。她不爽的走到我旁邊，「我沒有說妳可以進來。」

「妳也沒有說不行，我就當可以了。」

「出去，我已經不想跟妳這種人合作了。」

「我也不是來找妳合作的，只是想找妳看個東西。」我點開手機裡她介紹林太太包包的影片說：「這個包在哪裡？」

她眼神閃過一絲驚慌，「奇怪了，妳沒事來我家找我的包包幹嘛？」

「妳確定這是妳的包？妳要不要坦白一點？」

「那就是我的包，騙妳幹嘛？」

「我再給妳一次機會，那包真的是妳的？」

「對！就是我的！」她說得理直氣壯。

我直接把影片快轉到限量號碼的畫面，對她說：「但我也買了一個，上面的號碼，跟妳的一模一樣。這是為什麼？妳要不要解釋一下？」

她先是錯愕，但隨即嘴硬的說：「那就表示妳的是假的啊。妳賣假貨的事，現在全台灣的人都知道了，這還用說嗎？妳到底是來這裡興師問罪個什麼勁啊？勸妳最近少出來比較好，怕妳在路上被人揍。」

我把我和專櫃人員所有溝通的明細，還有我拿到包包時所做的商品錄影，清清楚楚給文亦菲看，「我有這些當證據，妳有什麼？台灣根本沒有這款包，妳去哪個國家買的？定價多少？有憑證嗎？拿出來啊。」真的不要在那邊跟我五四三。

「我為什麼要給妳看？妳這個人很好笑耶，隨便找來就要看我的包，妳這種行為是欠婊嗎？嫌被罵得不夠是不是？是很想要我把妳這副德性再拍下來上傳嗎？」

「隨便妳，所有我買過的東西，我都有影片紀錄，我倒是很想看，妳拿什麼出來說話！不只這個包，妳的影片裡面，幾乎都是我買過的東西。為什麼會這麼剛好？我也很想知道。」她的臉一陣青一陣白的，伸手就直接推我，想推我出去。結果我的腰正好撞上門把，痛到不行。

我忍著痛豁出去，翻看一旁她的置物櫃，一堆A貨項鍊、戒指，全都掉了出來。她死命拉著我，幾乎是架著我了。我咬了她的手，就這樣打起來。老實說，她年紀輕又比我高，我一路被壓制到底。好不容易撿到旁邊的面紙盒往她砸去，我才有反敗為勝的機會，但周東漢就是白目，很愛在我的決戰時刻打斷我。他直接把我推開，我的腰再一次撞上後面的櫃子。周東漢完全沒看我一眼，只是擔心的拉起文亦菲問：「妳還好吧？」

「我沒事，只是手有點痛。」文亦菲甩著打我打到痛的手說。

我扶著一旁的櫃子站起身，繼續對文亦菲說：「妳如果不誠實，明天換我去爆料公社po文，看大家相信我的紀錄，還是相信妳文亦菲這個人。反正我這個人滿身爭議，我沒差，但妳呢？妳想看自己掉粉嗎？我給妳最後十秒鐘。」

我開始喊著十九八七，看她的臉色漸漸凝重，卻還在死撐。我喊到一，她仍只是看著我，一臉沒有勇氣的樣子。那就是她的問題了，我給過她機會了。

「OK，那就這樣了。」

我轉身要走時，她才喊，「等一下！」

她走進房間，把轉帳憑據往我臉上丟，「我就是花錢跟胡子瑛租包包來開箱，這樣可以嗎？妳有問題去找胡子瑛，不要再來煩我！我這裡什麼包都沒有，可以了嗎？」

我先是一凜，周東漢的表情也僵住，看向文亦菲。她表情轉為委屈的說：「阿漢，你不要這樣看我。我也不是故意要騙人的，我也想買真的啊，但我沒有那麼多錢。網友就敲碗想看，為了滿足他們，我只能這麼做啊。」

周東漢沒有回答，我也不在乎他們之間怎樣，我只在乎子瑛姊。

我忍著腰痛撿起轉帳單據，一次是八千。那一疊單據，讓子瑛姊至少拿到了快十萬吧！但她到底有多缺錢？連十萬塊都沒有嗎？文亦菲又轉頭跟我說：「不要只會來找我麻煩，胡子瑛不只租給我，還租給其他 YouTuber，妳怎麼不去找她們問？妳也真是可悲，遇到這種 partner。」

「管好妳自己吧，租東西來假開箱，當作是自己買的，這樣就不可悲嗎？」

我轉身要離開，就聽到文亦菲哽咽的對周東漢說：「阿漢，你可以幫我收嗎？這裡被她弄成這樣，我自己一個人根本收不完。」

我冷冷的看了周東漢一眼，直接走人。他樂於當工具人，那我也不好意思打擾他。

我離開文亦菲的住處，走到附近的小公園，開始看其他 YouTuber 的影片，果然像文亦菲說的，子瑛姊不只租給了一個人。但如果是用租的，為什麼林太太還是拿到假包？難道真像周東漢說的，子瑛姊轉手賣掉了嗎？

我剛想完，就收到子瑛姊傳來的訊息，內容只有滿滿的對不起。

但我現在根本沒有心情怪她，我只希望她出現，由她親口告訴我這荒謬該死的一切到底是怎麼回事，她到底是出了什麼事才會這麼做？我再打給她時，手機又轉語音信箱。

我對這一切感到無力，起身緩緩走回豆花店，周東漢已經在門口等我了。現在是凌晨一點半，我這一天又是當兩天過。他一看到我，什麼話都沒說就拿走我手上的手機，然後按了幾個號碼。下一秒，換他的手機響了，他儲存了我的號碼。

我沒好氣的伸手搶回來，他也生氣的說：「妳到底是多會跑？才一下就沒看到人？」

「你不是在幫前女友整理房間？」

他只是瞪了我一眼，轉身拉開鐵門，把我往裡面推，「先去洗澡，我去煮麵。」

「不用了，不要吵醒周媽。」

他往後頭廚房走去，邊說：「我媽不住這裡，她住後面老家。」

然後我就聽到接水的聲音。周東漢也是不聽人話的人，我無力的上樓，回到他房間，翻著我的行李袋，拿出換洗衣服。沒想到我乾淨捲好的內褲沒拿好，就這麼滾進一旁的櫃子底下。我扶著發疼的腰伸手要去撿，卻摸到了一本厚厚的文件夾。抽出來一看，裡頭有不少樂譜，還有一些，嗯……感覺是詩又好像是歌詞的東西。

你說人生能承受多少痛，
一是失去，二是離開，
三是連句再見都沒能聽到，
我們還有相遇的可能嗎？
我們還有彼此相依的機會嗎？
你說人生還能經歷多少苦痛？
我想知道，卻又不敢知道。

我才看到一半，文件夾就被抽走了。雖然不是第一次看他生氣，卻是第一次看到他想殺死我的表情。我有一種會在下一秒被棄屍的感覺，害怕的吞吞口水說：「我東西掉進去下面，我想撿，結果……」

我還沒說完，他就從櫃子底下拿出我的內褲，然後丟給我。他拿著文件夾轉身前，冷冷丟下一句，「麵我會煮好放樓下，不知道妳要不要加蛋，反正我會加。」

他離開後，我都還能感受他那冷峻眼神的寒意。我打了個哆嗦，才打起精神去洗澡，沒想到居然沒有熱水。我也不敢喊他，就這樣洗了個冷水澡，頭髮都還沒有吹就下樓去。

燈亮著，但周東漢不在。我望著桌上那碗還在冒煙的麵，嘆了口氣，只好坐下來吃。把麵吃完，他應該就會不那麼生氣了吧？

我就這麼吃著麵，邊想著子瑛姊到底用這樣的手法賣了多少個包。本來好好的麵，也頓時失去了味道。我該怎麼解決這一切？我想富太們都知道林太太假包的事，或許有些人已經要告我和子瑛姊也說不定，我得快點解決。

這一晚，我躺在周東漢的床上，腰和頭都痛得不得了，直到天快亮才緩緩睡著。當我再次醒來，是四個小時以後，我幾乎是驚醒的。不好意思再睡下去，快速的整理了一下，忍著腰痛下樓去。周東漢和周媽正在忙，店裡頭有些客人看到我，開始交頭接耳。周媽見狀忙上前跟我說：「家葦，後面廚房有我做的蛋餅，快去吃！」

「嗯，謝謝周媽。」我往裡頭走去時，看著在豆花櫃前的周東漢，他連瞧都沒有瞧我一眼。那個文件夾可能是他人生最大的雷，而我就這麼光明正大的踩到了。無論我是多無心才翻開那個文件夾，都掩飾不了我侵犯他隱私的過錯，錯就是錯了，除了道歉，沒有什麼好辯解的。

我端著蛋餅在廚房裡吃完，然後把碗槽裡的碗洗好，轉身正要出去，周東漢走了進來。我猜他是進來洗碗的，錯身時，我跟他說了一句，「對不起。」

他突然手一伸擋住了我的去路。我抬頭看著他距離我不到三十公分的臉，忍不住問：「說對不起還不夠，想打我嗎？」

他瞪了我一眼，「神經。」然後把我的身體轉過去面向牆壁，說了一句，「把衣服掀起來。」

「你幹嘛？」我有些慌張，「周媽在外面喔！我如果叫了……」

「閉嘴，妳昨天不是撞到腰嗎？我幫妳貼藥膏。還是叫我媽來貼？她可能會唸到妳哭。」

他還沒說完，我就把背後的衣服往上撩了一點。他很快的幫我貼好，手心的溫度讓我感到有些不好意思。一貼完藥膏，我馬上轉身說了句謝謝便走上樓，不敢多看他一眼。絕對不是我寂寞兩年太空虛了，是因為難得見周東漢這麼溫柔，我會怕。

我在二樓拿完包包，下樓走到店前去時，店裡已經沒有客人了。我頓時覺得很不安，那些客人該不會是因為我而離開的吧！周媽讀出了我的想法，拉著我說：「客人剛好都吃完走了，妳別想太多。」

真的很感謝周媽救了我的內疚一命，我給了一個微笑，「周媽，我有事出去一趟。」

「好好好，妳去忙，晚上要回來吃飯嗎？」

「抱歉，可能沒辦法。」我今天得去好幾個地方。

「沒關係，我今天會燉雞湯放在電鍋裡，妳回來要記得喝。那個……周媽不太會安慰人，妳要堅強。」

我笑了笑，「我一直都很堅強。」

這是事實，雖然有時候堅強得很可笑，也很可悲，但比起懦弱，我更習慣堅強。只有自己堅強起來，才會真的什麼都不怕，至少可以說服自己不要怕。

我轉身走出去。

出了豆花店，邊走邊安排我今天的行程，突然發現有道均勻的腳步聲在後頭。

我一愣，猜到是誰，回頭就說：「你真的可以不用管周媽說什麼。」

周東漢根本沒有理我，而是走到我旁邊，然後說：「走吧。」

「我就說……」

「今天不是我媽要我跟著妳，是我自己想跟，以妳這種暴衝的程度，我怕妳今天回來會斷條腿還是斷隻手。」

換我白他一眼，好心的提醒他，「我今天的行程不會輕鬆，你確定要跟來？我怕你承受不了。」

他一臉我在說笑話的表情，直接拉著我，往某個方向前進。不到五分鐘，我和他來到一台破檔車前。他從側邊的置物箱拿出一個有布丁狗圖案的安全帽給我，我沒有接過，反而拿過他的直接戴上。我很老實的說：「我不想戴文亦菲戴過的安全帽。」

他沒有說什麼，戴上布丁狗安全帽後，發動了車子，「這是我媽的安全帽，妳要先去哪？」他問。

我先是窘了一下，接著給了他林太太家的住址。他沒多問什麼，就把我載到目地的。我下了車，把安全帽給他後說：「我自己進去就可以了。」他根本沒打算聽我說話，自己停好車，也脫下安全帽，一副就是「老子就是會跟妳進去」的態勢。

經過這兩天，我發現他耳朵比我還硬，我不打算再說第二次。於是我深吸了口氣，按下電鈴，表明了我的身分。但管家給我的答案是：太太不想見妳。但我仍站在門口，不停傳訊息給林太太，求她見我一面。

半小時後，門開了，管家帶著我和周東漢走進去。我們到了偏廳，林太太就坐在那裡等我，「我只給妳五分鐘解釋。」她說。

我站到林太太面前，「我沒有什麼好解釋的，讓妳拿到假包就是我的錯，我昨晚已經用網路轉帳，將費用原封不動退到妳的帳號了。」因為常得轉大筆金額，我的網路銀行帳戶早就取消轉帳限額。

「就這樣？這種事妳直接傳訊息就好了，還非得見我一面？我還以為妳要跟我說什麼！」林太太很失望，她以為我會解釋更多，好挽回我在她心裡的形象。但我不想從我嘴裡說出任何子瑛姊的不是，即便她騙了我、傷害了我，我也不願意這麼做。

「那天害妳在兒子的婚禮上失了面子，我知道不是一通訊息或是一句對不起就可以解決的事。但我還是想讓妳知道，我真的、真的很抱歉，我保證，除了那個包包，其他都是真品。」我昨晚交叉比對文亦菲和其他 YouTuber 上傳的影片，和我幫ＶＩＰ選購的部分商品，是兩個月前才開始重複。

「不重要了，反正妳幫我挑的東西，我都不會再用了。」

我再次深深的一鞠躬道歉，「對不起，謝謝妳過去的照顧。」

林太太沒有再跟我說半句話。我們被管家帶了出去，周東漢沒有說什麼，只是問我，「接下來去哪裡？」

我給了他第二個地址，然後來到了另一位富太太家。他一樣跟我進去，聽著我被冷嘲熱諷，被富太太拿假包砸。而我只能不停道歉，然後告訴富太太，費用已經退到她的帳號，最後再被無視的趕了出去。

就這樣，他陪我跑了八個地方，機車上掛滿了假包，停紅綠燈時，停在旁邊的人，都一臉傻眼的看著我們，還有個大哥罵我們炫富。我當場就把 Hermes Lindy 包拆下來送他，「拿去送你老婆或是你女朋友，記得說是假的。」

大哥又驚又喜。綠燈了，我們走了，他還開心的停在原地。

周東漢的聲音隨著風飄到我耳裡，「妳為什麼不跟那些人說清楚？」

「都說清楚了啊！」我大聲回他。

「我是說，騙人的不是妳，是……」

「是誰都一樣，她們就是覺得被騙了。」

他的聲音沒有再傳過來，過了五分鐘，他又繼續說：「妳總共賠了多少錢？」

「問這個幹嘛？」

「我怕妳跟我借錢。」他口是心非，明明是怕我沒錢吃飯。

「放心，我還有兩萬八。」我是說真的，十幾年的存款頓時剩下了兩萬八。這個教訓就是告訴我，以後別賣這麼貴的東西，真的會連自己人生都賠下去。我原本想說努力存錢，以後找個物價低、天氣好的國家，在那裡買間簡單的套房，把孤單的餘生過完。現在真的……連療養院都去不了吧！那我該回法國嗎？我現在等於沒錢，回去又要靠什麼生活？

「不知道妳是瘋傻了，還是傻瘋了。」

「隨便，反正我對得起自己就好了。」該負的責任要負，是我這輩子最重要的信念之一，因為我很怕自己不負責任，會跟蔡德進一模一樣。我不想像他，即便我身上有他的血，我也不想像他。

「怪人。」

「你以為你自己很正常嗎？」

然後我聽到他的笑聲，他才真的有病。處理完所有ＶＩＰ客戶的事之後，我的心輕鬆了不少。錢再賺就好，但我現在最擔心的還是子瑛姊，我倒希望她是拿著那些賣包包的錢去享受人生，也不希望離婚的她做出什麼傻事。

我們在晚上十點半回到了豆花店，原本累到要上樓的我，被周東漢叫住，「喝雞湯啊，去哪？」我這才又改變方向，走到廚房。周東漢馬上遞了一碗雞湯給我，「先喝，我炒個飯，馬上好。」

我就這樣喝著湯，看他切菜炒飯的樣子，脫口說出，「你知不知道你現在很性感？」

我說完，他突然大叫了一聲，急忙握住自己的手指。

我嚇了一跳，「幹嘛，切到手啦？」下一秒，他馬上放開，繼續切菜，我氣得狠狠打了他一下，「你很無聊耶。」

「跟妳差不多。」他冷冷的說。我卻笑了出來，今天過得不算太壞。

「還笑得出來？」

「還是你想看我哭？」

「我不是看女人哭就會心軟的人。」

「我知道，像你這種鋼鐵直男會分手，百分之八十是你不解風情。」我說。

他炒飯炒到一半，回頭瞪我。我忍不住問他，「但文亦菲應該是另外的百分之二十吧？」他馬上回過頭去炒飯，想當作沒聽到我的問題。

我笑笑的走到他旁邊，很真心的說了一句，「我從沒有批評過別人的感情，這是我第一次說，雖然我不知道你們是怎麼分手的，但你是個好人，值得更好的女人。」

我給了他一個真心的笑容，他卻傻住了，動也不動，直接讓炒飯燒焦了。

我聞著這致癌的味道，快速喝完雞湯，然後拍拍他的肩，「焦掉的炒飯你自己吃吧！晚安。」接著轉身上樓。

當我走進房間，才聽到他大叫一聲，我笑了出來。

沒想到，存款只剩兩萬八，我還是笑得出來的。

誰不希望自己的人生可以開出一朵花？
而不是隨便哪條狗都能拉屎在身上的一坪草。

第七章

不知道是不是周東漢幫我貼的藥膏有效，我好好的睡了一覺，好睡到早上七點就起床。

醒來滑了一下手機，罵我的人好像突然變少了，我猜不是他們變仁慈了，而是又換了新對象。不過短短幾天，這些酸民變心得比渣男還快。

為什麼可以這麼輕易開口罵人？

要我去罵一個我不認識的人，我真的很難做到。不是我比較聖潔偉大，而是我懂那種莫名其妙被罵的害怕。

大概是從以前就常被罵的關係，我的耳邊常出現，「沒媽的孩子，大多都沒什麼教養。」「她這德性跟他爸一樣。」「我看她以後應該也好不到哪去。」

差不多八歲開始，我就聽著許多我不認識的大人這樣說我。

我不懂，明明我還沒長大，為什麼他們要妄斷我的未來？

他們是誰？為什麼有如此惡毒的嘴？他們真的知道我是誰嗎？為什麼把最髒的字用在我

身上？小時候不懂就算了，我現在還是不懂，我想以後也不會懂吧！但我懂的是，不把我所受的傷，複製到別人身上。

放下手機，不願再想。

我起身下床。因為早起的關係，時間好像突然變多了，我頓時不知道要幹嘛。賠償的事昨天處理好了，現在就剩子瑛姊還沒有消息，我要的不多，只要讓我知道她還好好活著就可以。我傳了訊息給所有我和子瑛姊共同認識的人，告訴大家如果看到她，請務必通知我。

換好衣服，我第一次摺了棉被。過去幾天跟打仗一樣，生活亂得一團糟。接著稍微掃了個地，又繼續拖了地。當然我很識相的不再亂碰周東漢的任何東西。結束後，我下了樓，又開始整理起豆花店。

先把店面打掃完，接著再整理廚房，發現有幾個碗都缺角，還有鐵湯匙都彎了。只好整理一下，打算拿去回收丟掉，卻在垃圾筒旁邊看到那本我翻過的文件夾。我有些錯愕，難道他這是要丟掉嗎？我忍不住拿起來，裡頭還掉出一個USB。我掙扎了一會，決定把文件夾跟USB拿去樓上藏好。

因為遺憾是沒辦法修補的，我不希望周東漢面對遺憾的時候束手無策。

我這輩子最衝動的，不是四處找人吵架，而是在阿嬤死之後，把她所有的東西都火化掉。因為這樣，我才能毫無留戀的離開屏東。沒有留下她的一絲絲氣味，是我一直覺得後悔的事，丟東西很容易，但留下才難。

一拿進周東漢房間，我就聽到開鐵門的聲音。什麼叫作賊心虛，就是我這種人，我嚇得馬上往我的行李袋一塞，然後下樓。我以為是周東漢，結果是周媽。見我這麼早起床，她也是一愣，然後關心的問我，「怎麼這麼早起？是不是沒睡好？」

我笑笑搖頭，「不是，是睡得太好。」

周媽發現我放在旁邊的水桶和抹布，驚訝的問：「妳在打掃啊？」

「對啊，抵房租。我在這裡有得住有得吃，不能什麼都不做啊。」

「說什麼話呢，妳是能吃多少？不用特別幫忙，就忙妳的，沒事就多睡一點也好。那個……」周媽欲言又止。

「怎麼啦？」我問。

「妳還有錢嗎？我昨晚聽阿漢說妳把積蓄都賠掉啦？如果沒有，周媽這裡……」我覺得我快哭了，一個才認識我幾天的長輩這麼相信我，家都借我住了，還擔心我沒錢花。

「周媽，妳再講下去，我就要哭了喔。」

她以為我說真的，「好好好，不說。妳別怪阿漢啊，是我擔心妳，一直煩他，他才跟我說是怎麼一回事的。他擔心他說要先借錢給妳，妳一定不會拿，才叫我問的。」我這是聽到了什麼？怎麼心裡莫名暖了起來。

「我沒有怪誰，但我還有錢，真的謝謝你們。」

周媽過來拉拉我的手說：「有需要就開口，知道嗎？」我點點頭，即便我這輩子從沒有跟誰開過口。

突然我的手機震動了一下，我拿起來一看，居然是提醒我明天登機的簡訊，我都忘了還有機票這件事。我向周媽說了不好意思，便到旁邊打電話去處理改期的事。但我還真的不知道要改什麼時候，我的未來一片茫然，只好暫時先改到下個月。

掛掉電話後，周媽關心的問：「怎麼啦？」

「把我回法國的機票改期而已。」

「法國？」周媽表情有些怪怪的。

我點了點頭，順口說出我跟周東漢是怎麼碰上的。「其實就是在法國機場要回來時，我才碰到周東漢的，我滿意外他居然會自己去法國旅行，他看起來不是浪漫的人啊……」

周媽強顏歡笑的點點頭說：「他不是去旅行的。」

「不是？」

「他是去送好朋友最後一程的。」周媽說完，我嚇得嘴巴都快掉下來。也難怪他是那樣的表情。我誤會他就算了，還好幾次罵他。頓時之間，我覺得自己和那些敲鍵盤想置人於死地的網友沒什麼兩樣。我好羞愧，真的好丟臉，想起他隱藏在那張臭臉背後的心傷，我就覺得很難過。

「妳怎麼啦？」周媽擔心的看著我。

我很抱歉的把原因告訴周媽。「不好意思，周媽，我居然還罵周東漢態度很差，還說人生哪有什麼過不去的。」

「這也是阿漢自找的，他怪不了別人。」我第一次看到樂觀又熱情的周媽，重重的嘆了口氣，我發現自己似乎是跨過了什麼警戒線一樣，覺得有點害怕。我不希望周東漢又以為我探他隱私而對我發火，才想轉移話題時，周媽又開口了，「就為了個女人，好兄弟的感情就這樣決裂，真是不值。」

天啊天啊，我不想知道，但周媽已經停不住了。我看到她紅了眼眶，拉著她坐下，遞衛生紙和水。原以為擦乾眼淚就要結束這一切，但周媽抓著我的手，就好像抓著救生圈一樣，「阿漢本來也是非常開朗的孩子啊。」接著，就把對兒子的心疼及擔憂全說了出來。

周媽說，周東漢有個好兄弟叫 Leo，是台法混血兒，和周東漢是大學同學，兩人非常喜歡音樂，還搞了個樂團，周東漢作詞曲，長得帥氣歌喉又好的 Leo 是主唱。周東漢白天會在豆花店幫忙，晚上就跟 Leo 去 Pub 或餐廳演唱，有時候還會把創作曲寄給唱片公司，但一無所獲。

兩人後來認識了一個女生，沒想到 Leo 愛她，她卻愛周東漢。在隱瞞兩人的狀態下，那個女生先是利用 Leo，打聽周東漢的情報，然後倒追周東漢。最後 Leo 得知自己是不被愛的那個人，決定成全他們。Leo 知道這麼做周東漢也不會接受，便故意和周東漢大吵一架，拆夥後離開台灣回到法國，就再也沒有跟周東漢聯絡。

周東漢失去了好友，那個女孩的陪伴便成了他人生的慰藉。幸好他沒有放棄音樂，但總是懷才不遇。那時候網路平台還不那麼發達，每次寄出的作品不是被抄襲就是被盜用。甚至有人想廉價買下作品，再掛上知名製作人的名字發行。他不能接受，向大公司提告，落得自己的錢賠完之外，父親還拿積蓄出來幫他，仍然是小蝦米對大鯨魚，全輸光了。父親隔年去世，周東漢內疚不已，決定再也不碰音樂。

原以為還有女友的陪伴，但對女友來說，身為作詞作曲家的男友聽起來，比賣豆花的男友氣派很多，最後女友提出了分手。

周媽氣憤的說：「我賣豆花這麼多年，來來去去的人看了這麼多，那女人的心根本就沒有定下來。跟阿漢在一起的時候，也常玩到半夜才回來，還好意思說什麼個性不合！她只是想過好日子，不想跟著阿漢一起賣豆花，現在好像是在當什麼油什麼的……」

「YouTuber？」我問。

「對，就是那個！我也懶得再說她，我只是擔心阿漢。」

「但周東漢現在看起來還不錯啊。」經歷這麼多難過的事，他還是很認真過日子。

「哪裡不錯？我這個兒子，賣豆花只是為了生存，但他以前有夢想的時候，是為了他的人生。我當媽的，只希望兒子快樂，但不管我怎麼說，他就是再也不碰音樂。以前放在這裡的鋼琴、鼓都叫人來回收了，可是我捨不得，就把那些樂器都搬回老家。他為了這件事，還跟我冷戰了好幾天。」

我覺得周東漢這麼固執，跟我是同一類人，我拍拍周媽安慰，「等他自己想通吧。」

快樂是選擇這件事，我也是最近才知道。從回台灣開始，和巧漫之間微妙的感情、我對卓元方的執著，還有子瑛姊的事，我最後都選擇了直接面對，然後放過了我自己。

我花了三十幾年才學會放過自己，我希望周東漢能懂時間的寶貴。

「我這個當媽的人，看他這樣一步步失去一切，我心疼的不得了。宣告敗訴那天，我好怕我連兒子都沒了，每天都擔心他撐不過去。他明明這麼努力，這麼愛音樂，為什麼要遇到這些事？我真的很不甘心，為我的孩子不甘心！」

我伸手擁抱了周媽，但我說不出半句安慰的話。因為，任何一句安慰都安撫不了一個媽媽心疼孩子的痛。我也說不出「一切都會過去」這種雲淡風輕的話，此時此刻的每一秒，都她來說都很沉重。

「上個月聽到 Leo 生病的消息，我也勸阿漢趕緊去看看他，但他一直不去。等到 Leo 過世了，他才突然買機票過去，我實在是不懂他在想什麼。」

可是我知道。

他大概是想清楚了 Leo 為什麼要跟他大吵一架，覺得辜負了 Leo 的好意。Leo 的成全退讓，還是換來了他和女友的分手，而他們一起創造的音樂夢想，也因為他而徹底結束，甚至差點毀滅了他。我很懂那種自己根本什麼都不是，卻得站在重要的人面前的害怕。

他不是不願意去看 Leo，他是害怕，他是自責。

「我相信他去了法國後，一定跟 Leo 把所有的誤會都解開了。」

「說夠了沒？」我才說完，周東漢的聲音就在我身後響起。

我和周媽同時嚇了一跳。下一秒，我就被周東漢拉走，不管周媽在後面怎麼叫，我一路被他拖到飯店的巷口旁。還沒有搞清楚狀況，就被他狠狠甩開手。

「妳要自以為是到什麼時候？」

「我？」我怎麼了？

「找我媽打探我的隱私很好玩嗎？找人弱點是妳的興趣嗎？」我才要開口解釋，他又繼續罵，「妳就那麼想知道別人的私事？這對妳有什麼好處？知道我是這種沒用的人，妳是不是就比較有優越感了？」

我真的很想往他頭上揮拳，但我沒有，因為這樣他也不會清醒。我冷冷的說：「只有你自己覺得自己沒用，才是真的沒用。」就像多少人覺得我婊、覺得我賤，但我不是這麼樣想自己，所以我不會變成他們說的人。

我忍不住氣到再吼他，「什麼叫沒用？你現在不也靠自己賺錢過日子？你去偷去搶了嗎？還是去殺人放火了？如果你肯接受現在的生活，那你在憤世嫉俗什麼？如果你不滿意現在的自己，為什麼不想辦法改變？你以為你這樣說話會讓我難過嗎？不會！但看你這個樣子，我會。」

我看著他，他也看著我。沉默了三秒後，突然我被一道力量拉走，下一秒，我就被打了一巴掌。我和周東漢同時傻眼，抬頭看去，是文亦菲。

「妳有病啊？」我吼了她。

她哭得楚楚可憐的說：「妳才有病，妳為什麼說話不算話？妳不是說不會把我租包包假開箱的事說出去？那為什麼爆料公社有人爆料？妳這個賤女人！」她說完，又要給我一巴掌。

我伸手抓住了她，一字一字說清楚，「我、沒、有！」

「這件事就妳和阿漢知道，阿漢不可能這麼做，那就是妳！就只有妳！妳知道我被罵成怎樣嗎？妳知道才短短三個小時，我被退了多少訂閱人數嗎？妳怎麼不去死一死啊？不要臉！」文亦菲失控的哭到蹲在地上。

我真的莫名其妙，又不知道要怎麼跟她說的當下，抬頭看到周東漢看我的眼神，我真的頓時爆炸，「你不要這樣看我，我說沒有就是沒有！」先是誤會我探人隱私，現在又誤會我上網爆料，在周東漢心裡，我就是這種人嗎？

我很難過的看向他，他卻撇過臉，我的心好像被什麼扎了一下。

「妳為什麼要這樣對我？我也有花錢啊！妳就是想報復我對不對？我到底做了什麼，讓妳這麼看不順眼？」

文亦菲越哭越大聲，周東漢上前去安慰她，「小菲，我先送妳回去。」

周東漢拉起文亦菲的同時，文亦菲整個人哭倒在他身上。不知道為什麼，我覺得好刺眼，實在看不下去，心灰意冷的轉身要走，卻剛好看到周媽找來。

周媽走近，一看到文亦菲趴在周東漢身上大哭，氣炸的說：「周東漢你在幹嘛？」

但周東漢誰也沒理，帶著文亦菲就走了。周媽看著走遠的兩人，氣到說不出話來，我只好帶著周媽回去。

「她來幹嘛？妳也認識她嗎？」一進到豆花店，周媽就拉著我問，同時馬上看到我臉上的巴掌印，「她打妳？她憑什麼打妳啊？」我不知道要不要解釋，我很怕周東漢又說我自以為是。

周媽深吸口氣，去廚房拿了冰塊用毛巾包著，過來幫我冰敷，接著說了一句，「妳不講是不是，那我今天就不開店，周媽跟妳耗。」

「周媽……」我很無奈。

周媽突哽咽的說：「我是不想再看到我兒子受傷害。」這對周媽也是另一種打擊吧。看周媽這樣擔心，我怎麼能不開口？

我嘆了口氣，「其實她是來找我的，大概以為我還住在前面的飯店，沒想到剛好遇見了。」

「她找妳幹嘛？」

我拿出手機，找出爆料公社的貼文給周媽看，順道說出我和文亦菲發生糾纏的始末。

結果周媽聽完更氣，「這個女人就是這樣，哪裡有好處就往哪裡靠。我看她一開始要找妳拍什麼片的，只不過想趁機跟妳當朋友，然後認識妳的人脈。」

我一愣，這點我倒是完全沒想過，純粹以為她想跟我合作。

「她就是這麼現實的人，不然怎麼會在阿漢什麼都沒有的時候提分手，就這麼丟下阿漢？現在被爆料就是她活該，哪有什麼永遠的祕密？誰曉得是不是她自己平常就討人厭，得罪了誰，才被人家貼上網？是她自己貪心想打腫臉充胖子，騙那些看的人說是自己買的，誰喜歡被騙啊？真不懂她那影片有什麼好看的，我也不懂我兒子眼光怎麼會這麼差！真的是氣死我了，還送她回家，自己沒腿可以走啊？」周媽差不多罵了文亦菲有十分鐘，我覺得得罪周媽可能比得罪網友來得可怕。

我怕她再罵下去，一小時都不會停下來，趕緊緩頰，「周媽，那妳可以開店了嗎？」

她重重嘆了口氣，「可以，但阿漢回來，我還是要罵他。」

我勸不了，也無法勸，只能幫忙周媽搬桌椅，擦桌子準備開店。一會兒，有客人進來，似乎認出了我，我不想影響周媽生意，上前跟周媽說：「周媽，我去後面洗碗。」

我才走一步，就被周媽拉住，「如果妳想幫周媽，就在這裡，堂堂正正。」

我看著周媽堅定的眼神，突然也有了信心，被迷惑似的點了點頭，然後轉身問客人需要什麼。客人先是一愣，但也客氣的點完餐。我才發現，這一點都不難。

於是我在店裡幫起忙來。體內的空服員細胞被喚醒，臉上掛著笑容，仔細的送餐、點餐。即便有人認出我，小聲的跟朋友議論我現在淪落到賣豆花，我也沒有把他面前的豆花往他頭上倒，仍然笑笑的說：「賣豆花不好嗎？不然你們怎麼有豆花吃？」接著去服務另一個客人。

周媽抓了個空檔去煮飯，我們開開心心的吃完午餐再繼續努力。只是，偶爾會看向門口，都已經下午五點多了，周東漢卻還沒有回來。突然，我聽到客人的慘叫聲。嚇了一跳回過頭去，周媽竟抓著客人的手說：「不准偷拍，想拍就別吃了，我不做你生意！」

我被周媽的霸氣嚇到。客人應該也是，便乖乖的吃完豆花。我看他抖成那樣，偷偷給了他一顆糖果後，繼續去忙。

一直到晚上七點打烊，鐵門都已拉下來半掩著，周東漢都沒有回來。周媽邊刷桶子邊罵，「是送去哪了？南極還是非洲，要坐飛機嗎？最好都不要給我回來，打斷他的腿！」

周媽被周東漢氣到頭痛，我請她先回去休息，其他的我來整理就好。沒想到，我掃完地，準備關上鐵門時，周東漢竄了進來，差點撞到我。我嚇了一跳，他也是，然後我們用驚訝的眼神互看一眼，下一秒，他撇過頭去，我們誰也沒有跟誰說話。

他轉身上樓時，我的手機震動起來，是之前的公司同事小潔。

「家葦，我好像看到子瑛了。」

「在哪？」

「星巴克啊，跟她老公一起。奇怪，我聽說她不是離婚了嗎？大家都在傳她從貴婦變成棄婦。妳找她是想問離婚的事嗎？有什麼消息跟我說一下吧，我猜大多是男人……」

現在不是講八卦的時候，我急忙問她，「是哪間星巴克？」她說了分店名，「好，離我這邊很近，謝謝妳！」

「等一下，妳還好嗎？妳真的賣假包嗎……」小潔沒說完，我就直接掛掉她的電話。很謝謝她的消息，但也很不好意思，畢竟我真的沒有時間回答她這些不重要的問題。我轉身跑了出去，那間星巴克就在後頭的商圈，我得在子瑛姊離開星巴克之前找到她。

結果我一到，就看見子瑛姊和楊震宇在店外拉拉扯扯。子瑛姊哭得滿臉是淚，死命抓著楊震宇說：「不准把芯芯送去美國，你憑什麼讓保母帶她去？你是她爸啊！你怎麼可以連女兒都不管，她才五歲啊！」

「我又不是不去看她！我會把她安置好再回來，一個月也會去看一次，妳少在這裡鬧喔！」楊震宇嫌棄的看著子瑛姊，他原本明明不是這樣的。

「騙子，你是不想芯芯打擾你的新婚生活吧？如果你不要女兒，就把她還給我、還給我！你害我欠那麼多錢，又在外面找小三，現在連女兒都不讓我見！楊震宇，你這輩子真的會不得好死！」子瑛姊說完，就崩潰的和楊震宇打起來。

她也不管路人都在看，像是想連命都賠上去一樣。但楊震宇畢竟是男人，伸手一推，就把子瑛姊推倒在地上。我趕緊過去要扶子瑛姊，沒想到她已經站起來，又衝向楊震宇。這次楊震宇像瘋了一樣，拿起一旁的垃圾桶要砸子瑛姊。我下意識直接抱住子瑛姊，垃圾桶就這麼砸在我身上。

靠，痛死了。

下一秒，我眼前一片黑，就這麼暈了過去。但我要說的是，我的身體為什麼比我的腦子還快？我一點都不想被砸，他媽的痛死了。

我悠悠醒來時，已經躺在醫院了，一旁是還在哭的子瑛姊，還有……周東漢？他怎麼知道我在這裡？子瑛姊一看到我醒來，哭得更大聲，也不管這裡還有其他的病人，崩潰的說：「妳幹嘛來保護我？我欠妳那麼多，妳就該讓我去死算了！」

我有些口乾舌燥。周東漢上前遞了水給我，但我寧願渴死，無視他的存在，沒好氣的跟子瑛姊說：「妳以為我想嗎？我也不知道我幹嘛跑出去。」子瑛姊又是一陣狂哭。

周東漢接著說：「還好沒有被砸到頭，醫生說再觀察一下，等點滴打完，沒事就能走了。」

「那你可以走了。」我冷冷的回他。

子瑛姊見我們之間氣氛不對勁，試著解釋，「家葦，是周先生看到妳暈倒，就馬上送妳來醫院的。沒想到你們認識，妳還住在他家。」

就這麼剛好，每次我有事，他就會出現幫我。但為什麼有誤會在我身上的時候，他都直接認定是我的問題？

想到白天被誤會爆料和探隱私，我就很不爽。我仍是不看周東漢，繼續問子瑛姊，「這幾天妳都去哪裡了？」

一問完，她又委屈得眼淚不停滾下來，「能去哪？我也不知道我能去哪，每天都想著要怎麼死比較不會痛。只是，想到再也看不到芯芯，我就沒有勇氣死。但我現在這種日子簡直生不如死，我真的很痛苦，我的人生毀在一個男人身上，我真的好氣、好氣……」

「到底發生什麼事？妳這次一定要老實告訴我。」

子瑛姊抬頭看我，眼神內疚的說：「那妳還願意相信我嗎？」

「我從沒有不相信妳過，就算妳做了什麼，我還是相信妳不是故意傷害我的。不像某個人，從來就不相信我。」即便最後兩句我是講給周東漢聽的，我還是沒有看他一眼。

接著，子瑛姊便抹去眼淚，哽咽的說出一切。

原來楊震宇三年前就出軌了。去年初他的生意開始有些問題，需要資金週轉，但能抵押的都抵了，結果小三就唆使楊震宇用子瑛姊的名義去信貸。子瑛姊也沒有多想什麼，想說只是借公司週轉一下，沒想到就這麼一去不回，來來回回動用和銀行的關係，讓子瑛姊背了將近八百萬的債務。

也因為知道老公的公司有狀況，子瑛姊才跟我提議做代購。當初我還不明白一個有錢太太何必幫我這樣寄送貨，我只相信她說的，想找點事來做做。沒想到她是想為那個家、為先生分擔點一些，所以竭盡所能付出了她自己。

後來，公司順利度過危機，楊震宇卻向子瑛姊提出離婚，也不願幫她還債。她無計可施，只好將我幫VIP挑選的商品最大化利用，先租給需要拍開箱影片的YouTuber，然後再找買家把正品賣出去。而VIP拿到的假包，是她特地去挑的A貨，因為A貨的仿真度高，再加上富太太對我們的信任，沒有人質疑過我們。她原本想，只要把錢還清就不會再做，但楊震宇還是逼她離婚。如果她不簽字，以她的狀況，對簿公堂是不可能會贏的，她直接簽字的話，或許還有看女兒的機會。

子瑛姊知道自己根本沒有勝算，只好忍痛簽字，然後離開楊家。那天和我喝下午茶，其實是想跟我說離婚的事，但又因為我說到林太太包包有限量號碼，覺得自己做的事會被拆穿，所以最後只能害怕的躲起來。

「看到妳被傳上網的影片，妳知道我有多難過、多自責嗎？都是我的錯，才害妳變成這樣，都是我！都是我！」子瑛姊掩面痛哭。

我看到她手腕上綁了圈繃帶，發現她是真的有過想死的念頭。我忍不住紅了眼眶，把她拉過來，輕輕的擁抱她，拍著她的背，「沒關係，都解決了，沒事了。錢再賺就有，沒事的，真的沒事了。」

沒有什麼事比好好活著更重要了。

子瑛姊緩過情緒後，才抬頭對我說：「家葦，對不起，我一定會努力把錢還妳的。」

「好，我等妳還我，不管是二十年、三十年都可以，知道嗎？」我很認真的對子瑛姊說。她看向我，流著眼淚點頭。我知道那個眼神，是她接下來會好好活下去，會努力面對這一切的眼神，所以我給了她一個微笑。

在這麼感人的時刻，周東漢的手機響了。他接了起來，然後說：「我現在過去，妳等我一下。」他掛掉電話後，轉頭告訴我，「我有事先離開一下，等等再過來接妳。」

「不用了，你忙你的就好。」我連看都不想看他。他沒說什麼，直接就離開了。

子瑛姊擦擦眼淚看著我說：「妳幹嘛一副老公去找小三的哀怨表情？被出軌離婚的人是我好嗎？」

「我哪有。」

「要不要照照鏡子？」她說。我懶得理她，子瑛姊又繼續問：「他到底是誰啊？剛才妳昏倒的時候，他看起來還比我著急。而且送妳到醫院後，他也一直沒有離開。妳怎麼會住在他家？」

換我嘆口氣，把我最近發生的事輕描淡寫的說了一次。原本不希望子瑛姊太過自責，但子瑛姊聽了又難掩傷心的說：「對不起，都是我才害妳遇到這種事，全都是我的錯。」

「好了，我不想再聽妳道歉，妳的對不起我已經收下很多次，夠了！再說下去，我真的會生氣。妳只要從現在開始好好過日子，就是對這些事最好的彌補。」

子瑛姊又忍不住紅了眼眶，「可是家葦，我不能見芯芯，到底要怎麼過日子？」但我也只能拍拍她的背，說不出一句安慰的話。

就這樣，我們在醫院待了三個小時。打完點滴，周東漢還是沒有回來，子瑛姊幫我去批價完回來問：「要等他嗎？」

「不需要。」為什麼要等他？他沒有義務接送我。

我和子瑛姊搭上計程車。這才知道，她也是暫住在國中同學家。離婚的事就像我猜的，她還不敢告訴家人，更別說幫楊震宇背了那麼多債。她不想讓父母煩惱，又想多看女兒幾眼，只能先留在台北，厚著臉皮求人家幫忙。

我送她到暫住的地方，再回到豆花店時，已經是凌晨了。拉開鐵門進去，發現周東漢也還沒回來，我去洗了個澡，他還是沒有回來。躺在床上，被砸到的背還有些疼痛，我翻了身，趴在枕頭上，聞到了他的沐浴乳香味。

很香也很煩，想到他連家都不回不曉得到底在幹嘛，就覺得煩。突然意識到自己像等不到丈夫回家的怨婦，也很煩。這種煩躁感，讓我受不了的把枕頭往旁邊一丟，然後我看到了枕頭下有一張他、文亦菲和另外一個男人的合照，上頭日期已是八年前。

這男人就是 Leo 吧，白皙的皮膚，微卷的褐色頭髮，卻有雙黑得像墨的眼睛，經我認證是個帥哥沒錯。照片裡，他們笑得好開心，那時候的他們，應該都不知道現在的自己會是什麼模樣吧。

我看著周東漢和文亦菲站在一起，那麼登對，我想他心裡應該還是放不下文亦菲吧！看他對她這麼溫柔，也不會大聲說話，就知道他有多珍惜她了。

不知道為什麼，這個體認讓我非常不爽。我不知道自己在氣什麼，明明剛被砸成這樣，為了保命我應該早點睡，但我就是睡不著。我覺得自己一定是瘋了，我為什麼要為了這些事情不高興？我起身把枕頭撿回來，蓋住照片，然後逼自己躺平，逼自己睡。

我不想承認自己一直在期待鐵門被拉開的聲音，但我始終沒聽到。一直到天微亮，周東漢還是沒有回來，我就這麼昏睡了過去，但睡不到三小時，又自動醒了。

我睡不著，只好又早點下樓去東擦西洗。之後周媽來了，我陪她一起準備開店，直到開店時間到，周媽忍不住碎唸，「這周東漢搞什麼鬼，現在還在睡嗎？」

我乾笑了兩聲，轉身躲進廚房，不想回答這個問題。下一秒，就聽到周媽喊著，「阿漢啊，都幾點了？快點起來了！」周媽連續喊了好幾聲，當然都沒有人應，我決定去告訴她事實時，周媽已經上樓找兒子了。

不到一分鐘，我就聽到房門砰的一聲。周媽氣呼呼的下來，直接問我，「他沒回來？」

「應該是吧。」

「到底在搞什麼鬼，一天一夜不回家？」

「其實他昨晚打烊的時候有回來。」我覺得，我去醫院的事還是先別說好了，周媽現在整個像吹飽的汽球，再給她一點點壓力就會爆炸。周媽不說話，深吸了口氣，去把鐵門全都拉開，接著開始營業。

周媽對我說話時，當然還是那個非常親切的周媽，對待客人也是。但只要沒有客人，她拿起手機的那一瞬間，我覺得她整個人都在著火。這個時候，我就會去遠一點的地方，人家說星星之火可以燎原，不想被燒得體無完膚就要保持距離。

整整一天，周媽拿起手機的次數是十八次，而周東漢一次也沒有接聽。

很快就到了打烊時間。我整理好店面，要去廚房洗碗，周媽卻叫我先回樓上休息，碗她洗就好，就這麼把我的位子卡走。就像我去逛週年慶，才剛拿起一件衣服，馬上被大嬸卡位搶走一樣。

我只能退，轉身準備上樓洗澡。才剛拿衣服進浴室，就聽到周媽責罵周東漢的聲音。我馬上離開浴室然後衝了下去，就聽見周東漢冷冷的回應周媽，「我沒有要跟她復合，不要亂想。」

「昨天你送她回去一整天就算了，昨晚又去找她，到現在才回來？你以為你媽我不夠了解你嗎？你就是心軟！她是病了還是怎樣？有需要你這麼呵護寶貝嗎？你為她付出的還不夠多嗎？」

「她只是最近發生了一點事。」

「她不管是發生了點事，還是發生什麼大事，我就是不准你再跟她有連絡！你又不是沒吃過她的虧，到底在想什麼？她才出點事，你就這樣消失一天一夜，如果出大事，你是要以身相許嗎？還是再一次把整個人生賠給她？」

「妳到底在說什麼？因為她想不開，我才留下來陪她的。」周東漢聲音聽起來很無奈。

周媽先是一愣，隨即又火大起來，「那又關你什麼事？當初不是嫌你窮，一分手就跑去跟了哪間公司的小開，小開不會照顧她嗎？真的想死的人，才會不會像她那樣敲鑼打鼓！」

「她是靠粉絲追蹤吃飯的，現在大家都在罵她，當然心情不好。」

「家葦就沒有被罵嗎？她有說她要去死嗎？你少在那裡找藉口心疼她！」

我站在樓梯上，不知道是該出去勸，還是再回樓上。這樣的場合我出現實在太奇怪了，我決定回樓上，等這一波過去再說。然後我就聽到周東漢說：「媽，就事論事，今天就算是朋友，也是要關心她。而且要不是有人把這件事傳出去，又怎麼會變成這樣？」

好的，我腳才剛往上抬，就讓我聽到這句話。我呆愣在原地，接著周媽冷冷說了一句，「她怎麼不先檢討自己？她就是這種個性，我才會從頭到尾都不喜歡她，不准再給我消失了！」周媽把碗重重一放，接著我聽到她離開的腳步聲。

周東漢重重嘆了口氣，準備上樓，就這麼和呆站在樓梯的我碰上，他先是愣了一下，然後說：「妳在這裡幹嘛？」

我沒有回答他這個問題，反而先問了他另一個問題，「你到現在，還是覺得租包包拍開箱這件事是我說出去的？」畢竟他說那句話就跟往我身潑了桶屎差不多。

周東漢遲疑了兩秒，他要開口時，我已經不想聽了，不管他要說是或不是都不重要了。

我轉身上樓，把我的東西再次掃進行李袋，要離開時，一開門，就看到周東漢站在門口，見我打包好，他愣了一下，「妳在幹嘛？」

我沒有理他，推開他就往下走，他跟了過來，我正要打開鐵門，拉住我的手，「要走也給我一個理由，不然我媽明天問我，我要怎麼交代？」

我看著周東漢，扯著笑臉跟他說：「你可以告訴周媽，我這樣一個去爆料文亦菲八卦的人，不好意思再繼續住她家，害她兒子難過。」

「我又沒說是妳。」

「那你剛在遲疑什麼？如果覺得不是，又為什麼說出那樣的話，那天現場就只有我們三個人。」周東漢反駁不了，我甩開他的手，「房間還給你，枕頭下的照片也還給你。回憶是很美，但你現在過的每一分每一秒，將來也會是你的回憶，希望有一天你不會覺得自己白過了你的人生！」

我帶著行李離開，而他沒有追出來。

我回台灣第一次流淚，竟是因為周東漢沒有追出來。恐懼感再次朝我襲來。我發現自己這兩天對周東漢的感覺這麼奇怪，竟然是喜歡上他了。我知道我為什麼覺得心裡刺刺的，那根本就是在吃醋。提著行李邊走，邊覺得我真的是瘋了！

思念了一個離開我的人兩年多，現在又喜歡上一個不會喜歡我的人，我真的是跟不會愛我的人特別有緣分。

我走在街上，不知道自己今晚得在哪裡過夜的此刻，我只想喝點酒。比起床，我更需要的是酒精。我隨便找了間 pub 就進去喝酒，才喝完一杯長島冰茶，就聽到後方不遠處的一桌傳來比音樂更大的吵鬧聲。我有些不爽的回過頭望去，就看到文亦菲跟她的朋友在喝酒玩樂，臉上還有笑容。

這是個尋死尋活的人會有的表情嗎？

我站起身，被冤枉的那種委屈實在需要找人發洩。

我走到文亦菲她們那桌，所有人一臉錯愕。我沒管她們幾乎要嚇掉的下巴，擠到文亦菲旁邊坐下，開口問她，「妳不是想自殺嗎？」

文亦菲恨恨的看著我，拿起手上的酒杯就往我身上潑來。

能不能，不要喜歡一個不會喜歡我的人？

能不能，只喜歡一個只會喜歡我的人？

第八章

人只要開始心虛，第一件事，就是下意識的保護自己。

所以我很快閃過她潑過來的酒，往沙發椅背一躺，酒就直直的潑向坐在我旁邊的人。我轉頭看，發現她們就是之前在夜店來找我講話的另外兩個 YouTuber，什麼花跟什麼鬼的。她們滿臉都是威士忌，但我只心疼酒。

「滾。」文亦菲冷冷的說。

「妳不是還在一哭二鬧三上吊？怎麼有心情來喝酒玩樂？」

「我爽。」

這次換我拿起手上的酒往她潑去，「不要把周東漢當工具人。」

她惱羞成怒，推了我一把，起身大罵，「妳敢潑我？」

我為什麼不敢？我吳家葦沒有不敢的事，只有想跟不想。看她在這裡跟朋友開心玩鬧，然後周東漢傻傻的一通電話隨傳隨到，應付她的哭哭啼啼尋死尋活。想到這，我真的很想掐死周東漢。

我看了站在她另一邊的那群朋友，冷冷的說：「文亦菲，我沒出手打妳，妳就要偷笑了。」

「妳……」

「我怎樣？妳可以繼續大吼大叫，我不怕 Instagram 沒人追蹤，但妳呢？妳頻道還要不要經營？這裡這麼多人，妳再繼續跟潑婦一樣，馬上就有影片流出去了。剛看妳的訂閱數少了三萬，要不，湊個整數，我讓妳打，讓它乾脆少十萬，好不好？」我給了她一個笑容。

她氣到快吐血，想打我又不能打，全身好像長蟲一樣，然後看著我，好像抓到把柄一樣，「奇怪了，妳被爆料，躲到阿漢家時，就不算是在利用他嗎？就算我們分手很久了，阿漢和我還是朋友啊。而且他自己說有問題可以打給他，我心情不好，讓他來陪我怎麼了嗎？他自己心甘情願的啊。」

所以我才想掐死周東漢啊。

文亦菲又繼續說：「妳幹嘛好像很心疼的樣子？怎樣？妳對我前男友有興趣喔？」這次換我被掐住喉嚨說不出半句話。文亦菲大笑起來，「原來如此喔，可是怎麼辦？阿漢還一直說妳只是暫住他家，不會待太久，他好像對妳沒什麼意思耶，反而比較關心我這個前女友。

哇，我難得贏了吳家葦一次耶，哈哈哈哈。」

我頓時成了笑話，大家笑得喘不過氣來，真希望她們就這樣笑死算了。我冷冷的對文亦菲說：「如果妳還有一點良心，對 Leo 和周東漢感到一點點愧疚，就別再這麼幼稚。」

「妳又知道什麼了？」她瞪大眼睛看我。

「該知道的，都知道得差不多了。我不想批評妳過去做了什麼，但現在、此時此刻，我勸妳別再繼續下去，不然後悔的會是妳自己。好好做人好不好？」我說完轉身要走時，文亦菲就惱羞成怒的直接把我推倒在沙發上。

「妳又想幹嘛了？又想去爆料了嗎？是 Leo 自己要愛我的，我又沒有叫他愛我！那時阿漢連個工作都沒有，我為了自己的未來，不能分手嗎？妳憑什麼說我錯？」

換我抓住她的衣領，狠狠把她壓在我身下，「妳怎樣我不在乎，我也沒有那麼無聊去爆妳的料，假包的事根本不是我說的，妳以為妳很重要嗎？」

然後她抓住了我的頭髮，我們就這樣打起來，在她給了我一耳光，而我也想要還她一次時，我被周東漢抓住了手。他怎麼每次都這麼剛好出現？每次我一副婊子樣的時候，都會被他看見。

「妳夠了沒有？」他這樣跟我說，我頓時感覺，身在地獄就算了，竟然還直接掉下十八層。

文亦菲趁機會起身，流著眼淚訴苦，「我不知道心情不好不能來喝酒，活不下去也不能喝酒。我只是約朋友喝酒而已，她就罵我是在利用你。你自己說，我有嗎？我逼你了嗎？吳家葦上網爆我料就算了，現在連我喝酒也要管嗎？」

真的連一句話都多餘。我直接甩開周東漢的手，轉身要離開，周東漢卻叫住我，「等一下。」我回頭，然後聽到一句不可思議的話。

他跟我說：「妳不向小菲道歉嗎？」

「我為什麼要？」

「因為她沒有利用我，是我自己願意去照顧她的。」

「那你應該去跟周媽道歉。」如果他是我兒子，現在可能被我丟到淡水河自生自滅！

我要走，他又拉住我。這下換我氣得給他一個耳光，「文亦菲才該向我道歉，你沒看到她旁邊站的都是什麼人嗎？你沒印象嗎？你認不出來嗎？那天我從飯店離開的時候，是誰假裝正義魔人來找我麻煩？如果我需要那晚在飯店門口的影片，我相信 Amy 會很願意幫我調。」

周東漢一愣，轉身看向那些朋友，大家低頭的低頭，裝喝酒的喝酒。但我從周東漢的表情看得出來，他還沒有傻到那種程度。他失望的看著文亦菲，文亦菲也低下頭，一聲不吭。

我很清楚，在婚宴上丟臉而被上傳到網路這件事不是文亦菲做的，畢竟現場的人那麼多，又是一人一手機。但我才走近，看到這些人，發現去飯店找我碴的人跟文亦菲有關係，真的很氣又很無奈。本來打算就這麼算了，但周東漢的眼盲跟心盲，真的讓我太失望了。

我什麼都不想再說。不想解釋先動手的人是文亦菲，不想解釋我沒有探他隱私，也沒有po網爆料。我很遺憾，我這個人，在我喜歡的人心裡竟然這麼卑劣。都是我太失敗。

再也不想多待一秒，也不想再看到周東漢，轉頭回到我的位置上，拿了行李，離開那個地方。

沒想到，我一走出夜店，手上的行李就突然被人拿走。我嚇了一跳，怎麼有人想搶這些一文不值的東西？

本來打算給對方就算了，也懶得追，換個方向想走人時，那人突然出聲，「行李妳不要了？」

我一愣，這搶匪的聲音有點熟。抬頭一看，竟是蘇怡可。「怎麼會是妳？」

我很意外，她一副良家千金的樣子，居然也會來喝酒？她沒回答我，而是直接拉著我走人，然後和我一起上了計程車，向司機說了個地址。現在到底是怎麼一回事？

我忍不住出聲問：「妳幹嘛啊？」

「同事在裡面開慶生會，剛才我都看到了。」她表情很複雜，我解讀不出她是覺得我活該，還是覺得我可悲，還是覺得我可憐？我還沒有回過神，她就把我的行李丟過來。也是，她家那麼有錢，應該不需要這些東西。

「妳還好嗎？」她突然關心我，我真的很不習慣。

「妳中邪了嗎？」我反問。

她表情一變，沒好氣的回我，「妳才中邪咧！」

「那妳怎麼突然這麼溫柔跟我說話？」

她瞪了我一眼，「我還是很討厭妳好不好！妳真的很奇怪耶，為什麼要讓我誤會妳是壞女人？那次明明妳跟方哥沒有怎樣，為什麼不跟我解釋清楚？還是巧漫跟我說，妳早告訴跟她，方哥去飯店找妳了。就我像笨蛋一樣，自己在那邊生氣。」

是啊，巧漫那天來電問我，怡可有沒有把伴娘禮服給我時，我也順便向她說明了。我說了，解決問題最好的方式，叫坦白。

我深吸一口氣，對怡可說：「那妳有想聽我解釋嗎？我口頭上說的，妳又相信嗎？難道我還得向飯店借監視器，證明我從頭到尾都沒進房間嗎？我覺得每次要這樣解釋太累了，我活著又不只是為了向別人解釋我是什麼樣的人。妳怎麼不檢討妳自己？」

「我就是檢討了，所以才要帶妳去我家。」

「我去妳家幹嘛啊？我不去。」

「不然妳能去哪？妳錢不都賠光了嗎？」

「妳怎麼知道？」

「妳那些貴婦顧客裡面，很多人我媽也認識好嗎？」啊！我忘了有錢人都是玩在一起的，這些事一定會在他們的小圈圈裡傳開。怡可又繼續問：「這到底怎麼一回事？說真的，我不相信妳會賣假包。」

「那妳為什麼認為我會勾引卓元方？」

她一愣，頓時支吾了起來，說了一句，「我也不知道，就覺得妳不會騙別人的錢。但妳不是交過很多男朋友嗎？我當然會覺得妳會騙別人的感情。」

我真的大笑，連前面計程車司機也在笑。怡可有些糗的說：「笑什麼啦？」

「做生意跟談戀愛不都一樣嗎？都你情我願的事。我知道因為妳被孫樂群騙過後，痛恨所有欺騙別人感情的人。可是我要跟妳說，每一段感情，我都有投入也有付出，有時候是我傷了人，但有時候是別人傷我，這也算欺騙嗎？哪一段戀愛結束時是沒有任何傷心的？沒有。」

怡可沒有說話，只是看了我一眼，便轉望窗外。

到了她家公寓樓下，她付錢時，司機先生開玩笑的勸我們，「朋友之間都會吵架啦，講開就沒事了，妳們兩個脾氣都收一點啦！」計程車司機就這樣嘮了一下，才讓我們下車。

但我真的不想打擾怡可，「怡可，謝謝妳打算收留我，但我真的不想造成別人的困……」

我還沒說完，她就把我推進公寓大門，「妳很煩耶，如果我覺得困擾，幹嘛帶妳回來？就是覺得不會啊，妳乖乖接受一下別人好意會死嗎？」

「剛司機說的妳馬上忘啦？」我馬上藉題發揮。

「妳不也是？反正妳先住我家啦！看之後要回法國，還是留在台灣，等妳找到別的住處再說啦，不然妳要流浪到哪裡去？妳的錢還能住幾天飯店？」她說完，再次把我推進電梯。

老實說，她說得一點也沒錯，現實根本不用甩你一巴掌，就能讓你好好低頭。

我只好跟著怡可回到她獨居的家。沒想到，一打開門，我才剛踏進去，還沒看清楚裡面是什麼狀況，就被人狠狠的抱住。

「吳家葦，我真的會被妳氣死！」巧漫的聲音在我耳旁響起。

我笑了出來，「哪有，妳明明還活著。」

巧漫放開我，真的是一臉想殺死我的表情。「妳說要我給妳時間，我給了，但妳還是不給我任何一通訊息。要不是怡可跟我說妳去賠錢了，我也不知道妳處理得怎麼樣了。要不是怡可說妳在夜店跟人打架，我都不知道這世界上居然還有人敢打妳。要不是怡可跟我說妳拿著行李不知道要去哪，我都不知道妳根本沒地方去。」

我轉頭瞪怡可，「喂，妳真的抓耙仔耶。」

「那是什麼？」她一臉天真的問我，好的，我知道台北小孩台語不好。

我都還來不及反駁，巧漫就難得幫怡可教訓我，「妳好意思罵怡可？妳怎麼就一點都不會想找我幫忙，我跟元方這麼不被妳信任嗎？還是妳又在那裡彆扭不想麻煩別人？」

我抬頭一看，卓元方也在旁邊狂搖頭，嫌棄我的過度生份。

「搖什麼頭？你們剛結婚耶，然後還收留前女友？現在人這麼八掛，鄰居放個風聲，網友就開始肉搜了，日子怎麼過？」

「妳不是不在意嗎？」怡可沒好氣的說。

「我不在意我自己，但我在意你們啊！」我看著他們，很認真的說：「我不想因為我，讓你們改變生活，更不想連累到妳們。別人怎麼說我，我都可以，就是不能說你們！」

怡可明明很感動，還是在那裡假裝生氣，「不管啦，反正妳不住巧漫家，就是住我家就對了。」

我無奈的說：「我不都進來了嗎？」

怡可這才笑開，大家也笑了出來。這是第一次，我們四個人這麼輕鬆共處，未來也應該也可以吧？巧漫再次抱住我，「妳沒事就好了。」

是啊，人沒事，但心有事，怎麼辦呢？

想到周東漢要我向文亦菲道歉的那一句，我就委屈得好想哭出來。但為了一個傻子、呆瓜、愛當工具人的人掉淚，我的自尊心就是不允許。巧漫放開我後，拍拍我的臉，要我先去洗個澡，然後指揮卓元方去買點東西回來。

於是，我在怡可幫我放的泡泡浴裡好好泡了個澡，換上了她乾淨的睡衣，再次從浴室出來時，巧漫已經煮好了火鍋，還是鴛鴦鍋那種，一邊麻辣、一邊酸白菜。

「早說，我就不洗澡了。」我甚至還洗了頭。

但我的抗議是不會被聽見了，只能乖乖入座。剛拿起筷子，怡可就突然說：「既然大家都在，我要鄭重的向吳家葦道歉。」

她說完，我嚇得被口水噎到，狂咳了好幾聲。

「我是認真的，就是覺得欠妳一個很鄭重的道歉。都是我亂說話，才害妳被罵得更凶，對不起！也誤會了方哥。那全都是我自己補腦造成的，以後不會了，我以後會更慎重使用我這張嘴的。」她十分認真。

我只能挾塊肉放到她碗裡，「那妳好好吃東西吧，道歉我收下來了，從這一秒開始，都不要再說了。」

「對，都不要再說了，以後就只剩下不用道歉的事了，吃飯。」這就是巧漫專屬的浪漫，有一種陽光，也有一種傻勁。我很慶幸卓元方選擇了她，有些夫妻一看就是會幸福一輩子的，他們就是屬於那種。

我們四個人就這麼吃吃喝喝，然後巧漫、卓元方跟怡可好像講好了一樣，一直套我話，問我最近的事。人就是不能放鬆緊戒，最後就這麼把所有從婚宴會場離開後的事都說了。

怡可氣的筷子往桌上一拍，「我要叫我姊夫弄死那個文亦菲。她怎麼可以這樣落井下石，還誣賴妳！」怡可家的哥哥姊姊都是什麼師的來頭，姊夫當然也不意外的是什麼師之一的律師，但文亦菲根本不用我出手，她的價值觀就會弄死她自己了，我只想請怡可幫我一個忙，「可以請妳姊夫幫我弄死另外一個人嗎？」

「誰？」怡可愣。

「子瑛姊她老公。」為了請怡可幫忙，我也只能把子瑛姊的事全盤托出。我現在最想做的，就是讓芯芯回到子瑛姊身旁。

卓元方聽完就說：「這機會可能有點小，以她目前的狀況，要拿到監護權真的不太容易。離婚協議書上也沒有註明探視權怎麼處理，她現在連見孩子一面都不容易吧。」

是啊，卓元方說得沒錯，但不能因為不容易就不試看看吧。

「反正我明天就會跟我姊夫談看看，他們事務所律師那麼多，我不相信沒人搞得定。」知道怡可願意幫我忙，我感動的說了聲，「謝謝！」然後，轉頭就看到巧漫紅了眼眶，大家都嚇了一跳。

「妳怎麼哭了？」我傻眼耶，今天大家是說好輪流讓我慌張是嗎？

「以前都覺得妳比我聰明，但怎麼妳現在這麼傻？妳不是說要當狠毒自私的吳家葦嗎？結果現在身上只剩兩萬八？」我說了這麼多，怎麼巧漫就只記得兩萬八這件事？

「扣掉喝酒、計程車的花費，正確來說是兩萬四千三。」我說完，被巧漫狠狠打了一下，但我還是笑笑的說：「今天如果換作是你們，我也會做同樣的決定。」自私狠毒是對別人，不是對我心愛的人。

我們討論了一整個晚上，都在想怎麼幫子瑛姊要回監護權，心急的怡可也乾脆跟姊夫連線，一直到凌晨四點多我們才散會。我回到怡可幫我準備的客房，躺在沒有周東漢味道的床上，不知道輾轉反側了多久才睡著。

原以為會一覺到下午，但我可能在豆花店的生理時鐘還沒有調過來，七點多就醒了。還想著要去幫忙的那一瞬間，我都覺得自己有病。逼自己再賴床一下，但也躺不了多久，還是決定起床。

我有件很重要的事情得做，就是傳訊息給周媽。一是謝謝她，二是這樣的不告而別，對這麼熱心幫我周媽很沒有禮貌。三是更害怕她會擔心我，所以我把這幾天的感謝好好寫了一遍。

才傳送出去，怡可就衝進來抓住我，「吳家葦，妳快看這個！」

我都沒回過神，怡可就把她的手機塞到我眼前。我完全看不清楚，只好把她手機搶過來，拿在我眼睛能對焦的距離，看著手機螢幕。

是那天我在蔡德進家外面時錄下來的影片。蔡德進女友打我的片段都被剪掉，全是我像賤女人一樣發瘋吼自己父親的場景。當然，這影片底下又全是罵我的話。然後，我看到裡頭有個連結影片，是蔡德進和他女友的縮圖。

我點了進去，是他對著鏡頭哭訴我這個女兒從沒拿過半毛錢給他，還說我時不時去家裡鬧，只顧著自己生活，完全沒有負上奉養的責任。一旁女友跟著附和，還指著臉上貼著ＯＫ繃的位置，說是我打的。怡可看不下去，擔心我會受影響，幾次要搶走手機，但我沒有給她，順順的看完了，然後把手機還給怡可。

「就這樣？」她擔心我的反應。

「不然呢？」

「那些人懂什麼？妳被罵的很難聽耶！」

有時候，我都在想，人們為什麼這麼恨我？我做了什麼傷害他們的事嗎？老是罵我婊，老是叫我去死，老是罵我垃圾，老是說要肉搜出我現在的位置！但其實也就上次文亦菲的朋友光明正大找我碴而已，其他人大多是遠遠看、偷拍、低聲罵，比較敢的也不過是大聲酸一下。

搞得自己像是多偉大的聖人，這輩子都沒踩死過螞蟻一樣。

「讓他們發洩一下，就當我在積陰德。」

我說完，怡可還想說些什麼時，我的手機震動了起來，是周媽打來的。她的聲音著急不已，劈頭就問：「家葦，妳還好嗎？妳沒事吧？妳這兩天別上網啊！」

我笑了笑，「周媽，我看完了。」

我聽到她倒抽一口氣，便安慰她，「我沒事，妳放心。周媽，幫我一個忙好不好？」

「周媽幫，什麼都幫！」

「別看留言好嗎？」我說。我希望我的朋友都別去看那些留言，我不希望他們難過，尤其為這種事難過，對我來說太不值得了。那些人或許這輩子都不會跟我有交集，但我或我的朋友卻要因為這樣的一句話傷心，這讓我覺得太不公平。我不想跟那些偏激的人一樣怨恨這個世界。

周媽愣了一會兒，才說：「好，周媽答應妳，我不看了。」

「謝謝周媽。」我這才鬆了口氣。

「對了，是不是阿漢又跟妳吵架妳才走的？」我愣了愣，周媽又心急的說：「怎麼不說話？真的是他？我去罵他！」

我馬上開口，「沒有，跟他沒有關係。是剛好遇到了我朋友，她說她這裡有空房給我住，如果我不來住，她會吃不下睡不著，威脅我一定要待在她家才可以，我只好跟著她來了。」我說完，怡可馬上拿枕頭砸過來。我一陣頭暈，但不知怎麼的，心情卻很好。

周媽安心的說：「那就好、那就好！看到妳的訊息，周媽都快嚇死了。妳突然不見，豆花店好像變大了，周媽有點無聊。」

「我有空會過去的。」單純因為想念周媽，我是說真的。

「好，周媽等妳啊，記得好好吃飯、好好睡覺，妳也別去看留言，知道嗎？」

「知道。」

「我上去叫阿漢起床了。這孩子不知道在發什麼神經，昨天還睡在儲藏室，可能還以為妳會回來吧。」我只是笑笑，不知道怎麼回答，要周媽也好好照顧自己，便結束通話。

一抬頭，怡可一臉好奇的看著我，「妳這臉長得就沒有長輩緣啊，怎麼周東漢他媽媽好像很喜歡妳？」

「因為她有眼光。」

「挑媳婦的眼光？」

「亂講什麼！」

「妳是不是喜歡那個周東漢？」我真的差點暫時停止呼吸，蘇怡可什麼時候變這麼機伶了？

我裝沒事，起身疊被子，邊回答她的問題，「妳想太多了。」

「妳昨天晚上在夜店看他的眼神很傷心。」

「有嗎？」

「有。」

我的眼睛對上怡可的眼神，頓時說不出半句話。很想反駁她，但我不知道從哪裡開始講起，因為我根本不知道自己到底是什麼樣的眼神，而我也的確很傷心。

我支支吾吾了起來，「可能那時候肚子餓吧。」

我都不知道我自己在說什麼。蘇怡可很沒良心的大笑，笑到在床上滾。說真的，我一度有衝動想上前用棉被悶死她。

「吳家葦，我都不知道妳這麼好笑耶。」

「妳不用上班嗎？」我有點火。

「要啊，但我上班時間是我自己決定的。」她一臉得意的看著我。

啊不就好棒棒，「妳已經過了需要人家掌聲鼓勵的年紀了。」

「妳要幫我喝采，我也是可以接受的。」蘇怡可開始了解我了，知道我其實是全天下最好欺負的人。我懶得理她，轉身走去刷牙洗臉。出來時，就見她拿了兩支手機，坐在電腦前，手機和鍵盤快速交換的打著字，然後邊對我說：「我叫了早餐，快來吃。」

我坐到餐桌前，好奇她在忙什麼，「妳在幹嘛？」

「打仗。」她回答。我覺得這氣息不對勁，站到她背後一看，她居然在影片下面幫我回留言，跟網友吵架

我真的不知道該笑還該哭，但心裡很暖就是了，「妳別浪費時間理他們了，快去上班。」

「不要！這個叫『我是小可愛』的人超欠罵的，嘴臭成這樣，還好意思叫小可愛？有病啊！」她又認真起來。我真的不知道怎麼勸她，然後她又大叫，「對了，妳剛手機一直在震動，好像有人打給妳，我很忙，所以沒幫妳接。」

我走去一旁拿起我的手機，裡頭有七通周東漢打給我的電話。就在我看手機的此時此刻，他又打來了。我就這麼讓手機在手上震動，完全不打算接。我昨晚一直在想，明明才幾天的時間，我為什麼會喜歡上他？

或許是我很無助時，他拉了我一把。我自己也很懷疑，這樣的感情到底算是喜歡、是愛，還是一種在非常時期的依賴？如果是後者，是不是我生活回到正常，就會忘了他？

但不管怎樣，我都得忘了他，因為他心裡沒有我。

「幹嘛不接？周東漢打的？」怡可一說完，我手機整個掉到地上，不可思議的看著她。她咬著吐司說：「幹嘛這樣看我，妳去照鏡子，妳又露出那種傷心的眼神了。」

這女的太可怕，我還是去住巧漫家，破壞她跟卓元方的兩人世界好了。

「可能知道影片的事，要來安慰妳的吧。」她猜。

「有妳安慰我就夠了，妳到底要不要去上班？」

「等這個『我是小可愛』被我打敗，我就會去上班了。」她說完，又飛快的用手機打字。我超級佩服用雙手打手機文字的人，我吳家葦這輩子辦不到的，大概就是這件事了。

我嘆了口氣，才想去吃早餐時，手機又響了，這次是子瑛姊打來的。我猜，她也看到影片了。以前沒有網路，都不會有這些鳥事，真希望全世界網路都馬上爆炸。

「妳看到影片啦？我沒事，妳不要擔心。」電話一接起來，我就馬上安慰子瑛姊。

但電話那頭傳過來的，卻不是子瑛姊的聲音，而是林太太。「對，我們都看到了。」

我嚇到重複看了幾次手機螢幕，確定來電的是子瑛姊，然後才緩緩開口問：「林太太，怎麼是妳？這不是子瑛姊的電話嗎？」

「對，但現在是我在跟妳說話。」

「發生什麼事了嗎？」子瑛姊沒事跑去林太太家幹嘛？不是跟她說都解決了嗎？現在到底怎麼一回事？

林太太簡短說了一句，「馬上來我家。」然後就掛掉電話。

我突然有一種自己是連恩尼遜要去救女兒的感覺。匆匆回房間拿了包包，又匆匆準備出門，被怡可攔住，「妳要去哪裡？」

「林太太家，子瑛姊在那裡。」

「她怎麼跑去那裡了？」

「我就是要去搞清楚啊。」

「要陪妳去嗎？」

「不用，我拜託妳，快點去上班，求妳了好嗎？」我邊穿鞋子邊跟她說。

然後蘇怡可再次一臉得意，「哇嗚，我要去跟巧漫說，吳家葦開口求我了耶，那個自尊心衝破天際的吳家葦求我了耶。」

「妳看我的眼神，看到了什麼？」我忍不住反問她。

「什麼？」

「看病人的眼神。去看醫生啊，蘇怡可！」我轉頭就走。

她在後頭喊我，「家裡門鎖密碼等等傳給妳啊，結束了打給我和巧漫啊，不然妳就死定了，吳家葦，妳有沒有聽到！」有，超大聲的，電梯門都關上了還聽得到。這嗓門，不去參加聲林之王嗎？

走出公寓大門，我招了計程車，上車說了林太太家的地址，就見司機時不時從後照鏡觀察我。我猜他應該認出我是誰，只是不敢確定，希望他就這麼安靜下去，不要跟我搭話。

下一秒，他就開口了，「小姐，我今天早上在網路看到那個影片裡的人很像妳耶。」我只是扯了臉笑笑，沒有搭話。但計程車司機的本事，有一種就是自言自語還自嗨起來，「我是覺得那個女孩子這樣不行啦！天下沒有不是的父母，再怎樣都是女兒，怎麼可以那樣罵爸爸咧，妳說是不是？」

我再次笑笑，沒有搭話。司機先生繼續說：「現在年輕人真的很夭壽，要不是長大了還花爸媽的錢當啃老族，就是長大了不管爸媽死活，自己有得吃有得玩就好的月光族，真的是很不行啦！」

然後，我聽了一路的「做人一定要孝順啊，那最基本的」，「身為兒女不管怎樣都不能丟下父母啊」……等等的一些廢話，繼續陪笑不搭話。直到抵達目的地。我付錢時，司機還是繼續問。

「那個女孩子應該不是妳吧？」

我拿了找的零錢，下車前回答了他，「是我。」

司機先生愣了愣，但我已關上車門，轉身按下林太太家的電鈴。很快管家就來帶我進去，由於我太緊張，不知道到底什麼狀況，還偷偷問管家，但管家跟我一樣，只是笑笑，沒有搭話。

這世間的報應來得真快。

我被帶進客廳，映入眼簾的不只有林太太，各家太太都來了！何太、陳太、吳夫人、劉董娘……那些假包受害者都在場。最旁邊坐的是子瑛姊，她紅著眼眶低著頭沒說話。

「過來啊，站著幹嘛？」林太太朝我招手。

我也只能深吸口氣走向前，試著和大家溝通，「我不知道妳們怎麼會知道，但事情已經過了，我也賠償道歉了。我知道這遠遠不夠，只拜託各位太太董娘高抬貴手，不要為難子瑛姊。如果有需要我做的，請妳們告訴我，我一定努力做到！」我一說完，子瑛姊看著我，又流了滿臉的淚。

何太太突然笑出來，「家葦，妳在認真什麼啊？」

啊？什麼意思？

「妳當我們找子瑛來罵啊？」林太太開口問我。

「不是嗎？」不然現在是什麼情形？

林太太笑笑的說：「昨天子瑛來找我幫忙，說這一切都是她做的，和妳沒有關係，要我找大家來，想誠心誠意跟我們道歉。其實，妳那天找過大家賠償跟道歉後，我們聚在一起聊天就覺得怪，妳不是這樣的女孩子啊，應該是有什麼苦衷。但要是問妳，妳肯定不說。幸好子瑛來解決了大家的疑問。」

子瑛姊上前來對我說：「家葦，我知道妳說妳處理好了，可是我自己沒有。我得承認自己的錯誤，為自己的選擇負責，這樣才能當芯芯的媽媽。我不希望女兒知道我是一個只會逃避的人。」

我感動的摟著子瑛姊，不是為了我，而是因為她願意為她自己踏出第一步，「芯芯如果知道了，一定會為妳驕傲。」

吳夫人搖搖手上的本票，「家葦，妳賠給我的錢，我會再轉回妳的帳號，我願意讓子瑛分期付款。」

劉董娘也拿著一疊本票說：「看在她這麼有誠意的份上，我也答應她了。」

「可是子瑛姊現在沒有工作，身上還有她前夫的債務……」

「所以我們沒讓她馬上還啊，有再還就可以了。」陳太太也附和著說。

子瑛姊拉拉我，「家葦，拜託妳，不要拒絕。因為只有這樣，我才能正視自己的錯誤。太過相信另一半的下場就是這樣，以為有老公會愛我，就忘了愛我自己，這也是我的問題，這是老天爺給我的教訓，我要自己承擔。」

「但是……」

「沒有但是！大家已經對我很好了，尤其是妳，妳為我做得夠多了，我真的很想靠自己試看看。但是我答應妳，如果我真的很辛苦，一定會找妳幫忙，好不好？」子瑛姊像換了一個人，她手上的OK繃也拆掉了。我看到突然堅強的她，覺得好心疼。

人若沒有遇到困難，是無法一瞬間變堅強的。

我無法辜負她對自己的好意，只能點點頭，「好，但說好了，有事一定要找我！」

何太太抹抹眼淚，「真好，有互相支持的朋友真好。」

我上前去輕擁了何太太，「我們也是朋友啊，妳最近好嗎？」我在新聞上看到她決定將小三的孩子接回家裡。大家對她的評價很高，但生活如人飲水，冷暖自知。

「她好得不得了，老公現在多疼她啊。」陳太太羨慕的說著。何太太只是笑笑，我想，我和她一樣，一輩子都不懂，為什麼想要幸福，就得犧牲一點什麼才可以。她也可以選擇就此退出瀟灑離開，只是，人都喜歡往辛苦的路走，好證明自己的存在。

劉董娘看著何太太，有心些心疼的說：「全天下男人都一樣垃圾，千萬別指望他們。」劉董娘的老公也曾出軌過，她還得聽婆婆的話，站在老公身旁，陪他出席記者會，說她相信他。

「沒錯，子瑛這個前夫，我們也不能讓他好過！」吳夫人突然這麼說。然後，我就看到幾位太太的表情變化，彷彿很努力在想怎麼弄死楊震宇的表情。我和子瑛姊相視一眼，頓時覺得有些毛。

林太太突然拍了下手，「對了，我們家集團下的子公司，好像跟他公司有合作。」

「我們家好像也有。」何太太回答著。接著換她們彼此對看一眼，同時換上令人害怕的微笑，下一秒，就看到她們各自拿著手機去旁邊打電話。然後劉董娘跟陳太太交頭接耳後，也走到一旁傳著簡訊。

「她們打算怎麼做？」子瑛姊壓低聲音，有些顫抖的問我。

「我不知道。」

「有點擔心。」

我笑了笑，「相信她們。」

子瑛姊也只能點點頭，然後我拉起她的手，指著手腕上的傷口，「就像我也相信妳不會再做第二次傻事。」

子瑛姊紅了眼眶，哽咽的對我說：「絕對不會。」

人生就像一場障礙賽，在你卡關時，也有人剛好掉入陷阱。但無論我們如何跌跌撞撞，遍體麟傷，我們都要約好，總有一天，在終點相遇。

和自己約定好，做一個喜歡自己的人，
和自己談一場，永遠不會傷心的戀愛。

我和子瑛姊看著夫人太太們不停的講著電話，我們兩個人站在原地，不知道要幹嘛。此時，我的手機又震動了，還是周東漢打來的，震的我心煩。子瑛姊見我一直不接電話，又要追問時，我直接舉起手，示意她不要開口。

我走到旁邊去接了起來，「有事嗎？」

他突然愣了一下，似乎也很意外我怎麼突然接聽。所以他是覺得我一定不會接，才這樣一直打的嗎，那是在打什麼意思啊？

「沒事的話，我掛電話了。」

他馬上開口，「妳在哪？」

「外面。」

「哪裡？妳別來妳爸這裡，有記者。」

我真的是狠狠嚇了一跳，「你在那裡幹嘛？」他又在電話那頭愣住。我幫他回答，「怕我暴衝？」

他清清喉嚨，「妳在外面哪裡？有人陪妳嗎？」

老實說，他這麼關心我，幾乎讓我忘了他不相信我的那些難過。但想到他也是這麼關心文亦菲，甚至擔心她做傻事而跟在她身邊，我就覺得不爽。「你到底是多閒？你沒有別的事做了嗎？不用幫忙顧豆花店嗎？」

但他不理我，「妳到底在哪？」

「你如果心裡還有文亦菲，你好好關心她就好，把你現在浪費在我身上的時間拿去寫歌不是更好？那才是你該做的事。周東漢，你不要再逃避了，你就是做音樂的人……」昨天睡前整理行李時，發現了被我帶走的文件夾和USB，我就借用怡可的電腦開裡面的檔案來聽了。我只能說，音樂是他的天職，裡面的歌，好聽到我流淚。

他還是沒有理我，「我媽跟我說，Leo 那些事是她主動告訴妳的。是我的錯，但妳非得這樣說話嗎？」

「你第一天認識我嗎？我就是這麼討人厭，所以把你的時間拿去做更值得的事，去為更值得的人付出，反正以後我們也沒有什麼機會再見。如果你是擔心文亦菲為了報復我，會故意去找影片來爆料，那你也不用想太多，不可能是她做的。」

「妳又知道了？」

「影片是門口監視器的角度，那誰裝的？當然是蔡德進，他從以前就是這樣，怕債主來討債，都會裝監視器，好提前跑路。那段哭訴的影片，就是他們自己錄的，假裝是有人採訪。但你仔細看影片，他們後面的鏡子裡，就反射出相機是他們自己架的。」

從我去找蔡德進那天開始，他就每天傳訊息要我給他錢，還罵我為什麼阻止巧漫借錢給他。他才是對我懷恨在心的人，文亦菲算什麼？她真的沒有那麼聰明，只是她以為自己很聰明罷了。

「這樣，了解嗎？不用怕我會去找文亦菲麻煩，我不會，再見。」沒有等到他說再見，我就掛了電話。最後兩個字說完，我反而覺得心裡好沉重，好像真的把心裡一個很重要的東西給丟了一樣。

「這麼後悔，幹嘛講話那麼絕？」子瑛姊的話把我拉回神。

「我沒有後悔。」

「死鴨子嘴硬，喜歡就去追啊！妳幹嘛？這麼不像妳。」

「年紀大了，我跑不動了。」說完，我一個轉身，貴婦太太們都坐回位置上了。我和子瑛姊趕忙快步過去，就見林太太突然拿起本票，把它給撕了。

我跟子瑛姊都嚇了一跳。子瑛姊連忙說：「林太太，我們們剛不是說好了嗎？」

「情況有變。」她一說完，其他太太也跟著把本票給撕了。

子瑛姊都快急哭了，「我一定會努力賺錢還錢，拜託妳們先把家葦的錢還她好不好？」

何太太笑笑，「我們又沒有說不還。」

「那……」

「剛才不是說我老公跟子瑛前夫有合作關係嗎？我和我老公說好了，要給子瑛前夫的貨款時，就把欠我的錢先扣起來。」

我愣了一下，「這樣可以嗎？不會影響到林董公司嗎？」

「當然不會，想當初也是子瑛幫忙牽線，給她面子，才跟她前夫合作。如果他前夫不能接受這樣扣款，可以！大不了以後別來往，我一個大集團還怕他一間中小企業？」林太太說完，優雅的喝了口茶。

何太太接著說：「我也跟我先生說了，他說他會幫忙，所以沒有問題。」

吳夫人也很幫忙的說：「我兒子也說可以，就從這個月直接扣。子瑛啊，妳沒欠我了啊！知道嗎？」子瑛姊激動的哭了出來。

劉董娘關心的問子瑛姊，「妳老公用妳名義借的錢，還有多少沒還？」

子瑛姊一把眼淚一把鼻涕的說：「差不多還有三百萬。」

「那行，那三百萬就從我媳婦公司那裡扣，看每個月扣多少，我就轉給妳，讓妳拿去還債！」劉董娘把名片給子瑛姊，「這是我媳婦名片，妳有空再去找她談細節，給她帳號。我都吩咐過了，她知道的。」

「謝謝董娘！謝謝、謝謝！」

「好了，別哭了，大家都是女人，就互相幫忙。倒是我，打了家葦一巴掌，我到現在都還很不好意思呢。」林太太走過來摸摸我的臉，「對不起啊，我那天真的是氣壞了。」

「沒關係。」我給了林太太一個最燦爛的笑容。

「不過家葦，那影片真的是妳爸啊？都沒聽說過妳爸的事。」陳太太又開始想八掛了。

我笑笑點頭，「是。」

「妳真的不養他啊？」陳太太小心再問。

「對。」我回答。眾太太表情尷尬了一下，我第一次試著跟大家解釋，「我沒辦法拿我辛苦工作的錢，去孝順一個從沒有養過我、教育過我，還四處賭博欠債的父親！」

眾太太的臉色又轉為同情，我馬上說：「至少還有阿嬤養我長大，我也可以靠自己生活、念書，我不覺得自己很可憐啦。所以妳們不要這樣看我，我沒事的。」

「但那影片，妳就這樣放著不管嗎？」林太太好奇的問。

我笑笑回應，「反正很快就過了，等網友有新的發洩對象，就會忘了我。」

「妳這心臟還真大顆。」陳太太不認同的搖搖頭。

「妳沒受影響就好了，我只擔心妳而已。」何太太一直是最體貼我的人。

「真的沒事，我很好。」我說。

何太太接著繼續說：「家葦，妳別回法國了，我想開店，妳來幫我管，子瑛也一起來幫忙。」

子瑛姊馬上開心說好，我卻陷入猶豫。如果一直待在台灣，會不會像當初想念卓元方那樣，一直放不下周東漢？但我上次逃到了法國，還要再逃一次嗎？我腦子突然混亂了起來。

大家見我不說話，何太太再一次問：「家葦，妳不願意嗎？」

我頓時回神，給了何太太一個微笑，然後點頭，「我願意。」

逃了一次，我幾乎是在原地踏步了兩年，所以這一次，我不想再逃了，我想重新開始。好不容易會愛人了，現在的我，其實不討厭這樣的自己。

於是這天，子瑛姊雨過天青了。而我的心丟了，但存款回來了，我可以回去跟巧漫和怡可說，我戶頭裡不只兩萬多了。繞了一圈，老天爺把從我身上奪去的，又還給了我。

不過，祂多給了我一份勇氣。

在林太太家吃飽喝足，已經是下午四點多了，大家吱吱喳喳的聊天，時間很快就過了。跟何太太排定接下來工作的時程後，我和子瑛姊也離開了。她一臉感概的說：「老天爺對我還不算太差對吧？」

「但祂也沒有對我很好就是了。」我說完，子瑛姊勉強笑了笑。我忍不住問她，「想芯芯了嗎？」

「每一分每一秒。」她說。

「我不知道怎麼安慰妳，妳要哭嗎？」

「那妳就閉嘴啦。」子瑛姊沒好氣的瞪我，這就是我安慰人的方式，她還不習慣嗎？

我笑了笑，手機又震動起來。我心裡一頓，閃過會是周東漢打來的念頭，但隨即要自己別像發春的少女自行補腦，我告訴自己他不會打來了，然後接起了電話。是怡可，她劈頭就說：「欸，我姊夫說有機會耶。」

「什麼機會？」我問。

「子瑛姊打官司勝訴的機會。」

「真的假的？她現在就在我旁邊，我讓她聽。」

我把電話塞給子瑛姊，她愣了愣，聽著電話，表情從了解到震驚。她激動又哽咽的說：「真的嗎？我現在就過去！我馬上過去，我的電話是……」

子瑛姊說完，就急忙把手機塞給我。我還搞不清楚狀況，「怎麼了？怡可怎麼說？」

「我現在要去她姊夫的事務所，他們有些事情要問我，但他們說要幫我打官司。謝謝妳，家葦，我真的……」子瑛姊哭到說不出話來。

「好了，先不要哭，我陪妳去。」我說。

她擦掉眼淚，「我自己去就好。這是我的事，我自己來處理。還不知道得講多久，妳去忙妳的。」

「好。」我拍拍她，我欣賞她的堅強。子瑛姊給了我一個擁抱後，就快步離開。看著她的背影，我懂那種激動的心情，那是一種迎向美好未來的期待，希望老天爺不要對她太差。

我微笑的轉身離開，手機又震動了。

「妳在哪裡？」換巧漫驚慌的問我，「妳看到……」

「我在外面，如果妳是說蔡德進的影片，我已經看到了。」

「天啊，我今天都在幫學員上插花課，才剛打開手機，元方、怡可就打了好幾通電話來，我才知道這件事。妳怎麼沒告訴我？」

「妳不是在上插花課？我打了妳不也接不到。」

她愣了一下，「也是，妳有去找他嗎？」我知道她口中的他是指蔡德進。

「沒有，找他幹嘛？給他錢嗎？」

「沒去就好，我好怕妳去找他理論，又被拍下來。現在的人是多閒？為什麼這麼愛亂爆料？」巧漫氣得咬牙切齒。

我笑了笑，「沒事了，別氣。」

「妳現在馬上回家，我等下買菜過去。」

「可是我想跟妳去買菜。」記得在台北上大學時，我們雖然住不同地方，但為了節省生活費，巧漫會自己下廚煮飯，我則負責食材費用。下了課，我們會一起去買菜，然後到巧漫的宿舍煮。最後，變成整層宿舍的人都會付巧漫食材費用，我們大家一起吃。那時候，只要省十塊都覺得快樂。

她好像也想到了那些日子，笑笑的說：「好，那我先過去找妳，我們再一起去市場。」

於是我跟她約了離我最近的捷運站出口等，我就站在那裡，和每一個認出我的人對望。

看他們和旁邊的朋友交頭接耳，我會給他們一個微笑。我也不是要拉什麼好感度，只是覺得現在的心情不算太差。

然後，一輛計程車停到了我面前，車裡的人一個接一個下車。我看到了熟悉的臉孔，先是什麼花的再是什麼鬼的 YouTuber，最後是戴著口罩和帽子的文亦菲。我真的是瞬間臭臉，台北不大，但不用小成這樣子吧。

即便再不想看到她們，我也不會轉身躲。

在討厭你的人面前，你更要活得坦蕩光明正大，那就是堵住他們嘴巴最好的方式。

她們三個人也看到我了。我也知道文亦菲不會放棄這個酸我的好機會，她現在心情可能比我還要好。她緩緩朝我走來，拉下她的口罩，「妳還敢站在這裡？」

「不然要站在哪裡？」

「不是一堆人說要肉搜妳這個不孝女，妳不怕？」

「妳是在關心我嗎？」為什麼這麼在意我？

她冷笑一聲，「我又不是吃飽太閒，只能說妳活該。」

「嗯。」我隨意的回應。

她見沒有刺激到我很不甘願的樣子，又繼續說：「可憐啊妳，連自己爸爸都出來控訴妳，妳不覺得自己很可悲，做人很失敗嗎？」

我看著她，也認真的想過她的問題才回應，「不覺得，至少我不用戴口罩帽子就敢站在這裡。」

她被我激到，「妳真的很沒羞恥心，對自己家人這樣，還敢嗆我？妳爸真是悲哀，生出妳這種女兒。」

「心疼的話，妳可以撿去養啊。」我認真的，他很欠人家養，最好可以每個月給他幾十萬，讓他賭到爽。

「妳真的沒救了。」她嫌棄的看著我說了這句之後，轉身要走。

結果我還是忍不住喊了她，「喂！」

「幹嘛？」她不爽的回過頭看我。

「做錯事好好道歉就好，不要再刪網友留言或是封鎖人家，還把妳的頻道搞得好像什麼事都沒發生過。如果真的一點事也沒有，妳為什麼又要把自己包成這樣才能出門？不就是妳心虛嗎？妳這樣的心態，是要怎麼堂堂正正的站在錄影機面前跟觀眾分享妳的一切？」

「關妳什麼事？」

「就是想雞婆一下，妳不想聽就當我在放屁也是可以，我看過妳之前做小資女化妝品的影片，內容不差又很有意思，妳根本不需要花錢租奢侈品開箱。」

「妳是看不起我，覺得我配不上名牌嗎？」她用著她的大眼瞪我。

「我沒有看不起妳，但妳的確撐不起名牌。因為妳沒有自己的思想、自己的判斷，妳只是跟風，只是想讓大家羨慕妳，只是覺得用了名牌就會讓大家尊重妳。但那都不是因為妳自己，只是外在的假象，這樣妳有比較爽嗎？」

她頓時說不出話，但我也不打算再說，搞得我好像媽媽在罵女兒。我只是……只是想幫幫周東漢，如果他仍放不下文亦菲，那我希望她能回到那個拍小資女孩影片時的文亦菲，至少仍是個有一點自己想法，或願意改變自己的女孩。

我見她遲遲沒反應，忍不住說：「幹嘛還站在這裡，還想繼續被我唸嗎？」

「我才沒有。」她狠狠的說完，戴上口罩跟帽子後轉身離開，然後身旁的什麼花跟什麼鬼一臉憤慨的跟她說：「欸，她憑什麼教訓妳啊，她什麼東西？這樣跟妳說話？」「對啊，自以為是誰？自己都是不孝女了，還好意思批評妳喔！噁心不要臉！」

看著她們的嘴臉，我真的好想念巧漫。交對朋友真的很重要，尤其是如果自己腦波特別弱的時候，真的會很像被鬼牽著走。

「看什麼啊，這麼專心？」巧漫的聲音在我背後出現。

我嚇了一跳，轉身拉著她的手往前走，邊回答她，「看到有人中邪。」

她一臉莫名其妙，「什麼啊？」

「不重要啦，今晚吃什麼？元方來嗎？怡可會準時下班嗎？」

「元方店裡晚上有活動，怡可會準時下班。妳喜歡吃辣，我打算做個麻辣豆腐和四川烤魚。妳喜歡吃花椰菜，我再來做個胡麻沙拉。妳喜歡吃玉米，我打算燉個排骨玉米蘿蔔湯。」我就這麼聽著巧漫的聲音，覺得自己很幸福。

我和巧漫逛完市場回到家沒多久，正在整理食材時，怡可帶了子瑛姊回來。我看到子瑛姊提著行李，感動的抱住怡可，謝謝她願意收留子瑛姊。雖然她在瘋狂掙扎，但我真的不想放開她，她最後也放棄了，就讓我這麼抱了好久，「好了啦，我先帶子瑛姊去她房間，妳是還要抱多久？」

我這才甘願放開。看著怡可陪子瑛姊忙進忙出。正幫巧漫處理食材的我真的很想哭。

巧漫轉頭看我，「妳是在哭嗎？」

「我是在切洋蔥。」我否認。

「好久沒看妳哭了，哭一下啊。」

「神經。」我沒好氣的唸她。

她卻笑笑的跟我說：「欸，吳家葦真的回來了耶。」

我又忍不住回她，「妳很煩耶。」

然後巧漫炒著菜，面帶微笑，「謝謝妳回來，也謝謝妳現在站在這裡。」

我繼續切洋蔥，流下了眼淚，一定是洋蔥的錯。

吃飯時，子瑛姊告訴我們跟怡可的姊夫談完的結果，包含她手上曾發現楊震宇疑似外遇的資料，還有楊震宇要她辦貸款的一些對話。那時候她都說服自己，他們之間還有個孩子，家不會那麼輕易被打敗。

但是子瑛姊忘了，親手摧毀一個家的，通常都是家裡的人。

總之，姊夫說一定會幫子瑛姊拿回監護權。楊震宇可能以為沒錢沒勢的子瑛姊根本沒有能力反撲，可惜他錯估了情勢，子瑛姊的身旁有我，而我的身邊有巧漫她們。

就這樣，一頓飯又吃到了凌晨，巧漫也乾脆直接睡在怡可家。怡可已經有分離焦慮，半醉的她，身體和嘴巴一起誠實的說：「妳們都不要走好不好？以後都住我家，這樣我才不會孤單。」

雖然我猜她明天醒來一定會否認，但我和子瑛姊決定要賴在她家了。

最後，大家都茫了，各自回房睡覺。我幫巧漫蓋好被子後，拿了ＵＳＢ，繼續聽周東漢的曲子一整晚。想到自己最大的三個願望，一個給了乾媽、一個給了巧漫，另一個本來想留給自己，但我現在不在需要了，我想給周東漢，我好希望他也可以努力讓自己幸福起來。

願他能明白，人生的所有選擇，永遠不會只有黑與白，我們真正生活的地帶，是介於那之間的灰色。我們都想做對的選擇，但我到現在才明白，這世上沒有絕對，有的只是相對。而當你願意重新開始，你會發現該做的事情多的不得了。

隔天，巧漫將昨天的玉米排骨湯底熬成了粥，再做了幾樣小菜，四個睡到中午十一點半的女人才開始吃早餐。我在昨晚已經排好今天該做的事，首先，我得打電話去改機票。

然後三個女人不知道在緊張什麼。

「妳為什麼還要回去？」巧漫先問。

「不是說好要幫何太太了嗎？」子瑛姊補問。

「我這裡妳是住不慣？」怡可不爽的問。

一人一句，習慣了自己一個人住久的我，真的很不習慣耳膜如此操勞，「我在法國那裡的東西都不要了嗎？我得想辦法處理或寄回來吧？還有房子也要整理好還給房東啊！」

她們才一臉「對喔」的表情。

「幹嘛那麼緊張啊？」我說。

「因為怕妳又不回來了。」她們三個異口同聲。什麼時候默契好成這樣？

「怎麼可能，我就是要回來在蘇怡可家白吃白住啊！」

我一說完，她馬上抗議，「我有答應嗎？」滿臉嫌棄我的表情。然後我們三個人偷笑，就是不告訴她，她昨晚有多麼口嫌體正直。

子瑛姊邊吃早餐邊滑著手機，然後突然啊的一聲，把手機上的影片給大家看。那是文亦菲在直播，向過去欺騙大家的事道歉，她說會把那些做假影片刪掉，因為那些影片而產生的利益全數捐出。

「她怎麼了？怎麼變得那麼快？」子瑛姊不可思議的說。

「最近我插花課的學員也常在八卦她的事，不管怎樣，真心道歉就好。」

怡可不以為然，「因為再不道歉，沒人要看她影片了吧！」

「說不定她本來就不壞。」我說。

她們三個一副看到鬼的樣子，子瑛姊不能接受，「最近又沒有下雨，妳沒有被雷打到啊，怎麼說話這麼善良？」

「對啊！妳這樣，搞得好像我說她兩句八卦很壞心一樣。欸，壞人做一件好事就變成好人了嗎？妳忘了她找人去找妳碴，還說是妳爆她料的嗎？」怡可也跟著抱怨。

「我是說，說、不、定，又不是說她本來就是，OK？」她們又在那裡一句來一句去想撻伐我時，我手機又震動了，是陌生來電。我很猶豫要不要接，畢竟蔡德進很常換手機號碼打給我，意圖讓我接聽。

所以第一次我沒有接，但第二次，我決定接起來。如果我要留在台灣，如果我不打算換手機號碼，那我就得面對。

「喂。」

「請問是蔡德進的家屬嗎？」

「有什麼事嗎？」

接著，對方說的話像蜜蜂一樣的不停嗡嗡嗡，什麼他們在哪裡發現蔡德進的屍體，什麼聚賭，什麼劉蓮芳妳認識嗎？但我一句話都答不上來，腦子裡轟轟作響。巧漫可能看我出了神，乾脆把手機接過去。我仍是反應不過來，心裡只有一個問題：不是說禍害遺千年嗎？

他怎麼會死得這麼突然？

巧漫掛掉電話後，把通話的內容轉述給怡可和子瑛姊聽，她們兩個也嚇到直接倒抽了口氣。她們應該會忍不住自責吧，畢竟聽到我對影片是蔡德進自己爆料的假設，再加上她們看過我手機裡所有蔡德進跟我要錢的訊息後，都狠狠的罵了他一輪。

明明是昨天晚上的事，但他今天就死了？

巧漫擔心的問我，「妳沒事吧？我們可能要去警局一趟。」

我點點頭，茫然站起身。

但我不知道自己要幹嘛。怡可馬上去房間幫我拿外衣和包包，子瑛姊幫忙拿梳子順順我的亂髮。巧漫想跟我去，即便我仍處在震驚當中，我還是勉強打起精神制止了她，「我自己去就好，妳是新婚，別去那種地方，太穢氣了。」我說完，在怡可跟子瑛姊開口前，我也馬上跟她們說：「妳們都別去，我自己去。」

「可是……」

「拜託妳們了。」我說完就直接離開。

然後我快速的搭上車，往巧漫說的警局去，剛才警察跟我說的話，才緩緩的重組起來。蔡德進跟他女友劉蓮芳被發現陳屍在某處郊區，目前初步調查可能是因為欠債糾紛而引起殺機。

所以警察是在暗示我，如果當初我幫他還錢，他是不是就不會死了？所以我也是幫凶之一嗎？蔡德進的死，我也有責任嗎？

一路上，我的心就像浮在半空中，不知道要飛往哪裡去，也不知道要怎麼降落，雖然知道自己就像孤兒，但真正成為孤兒時，卻又感到人生裡出現了強烈的遺憾。

不因為是失去蔡德進，而是因為我吳家葦這輩子，從來沒有感受過的父愛。

問我有沒有期望過蔡德進能像個人？當然有。我小時候做夢都夢到過他帶我出去玩、帶我去看電影，像個正常父親一樣讓我這女兒撒撒嬌。但越長大，那個夢就越來越少出現。

人家說，日有所思夜有所夢，我大概是對他願意成為父親這件事徹底絕望了吧。

我到了警局，報上名字，警察說什麼，其實我都有些恍神，沒聽清楚。我只知道他們帶我進了個房間，讓我指認躺在檯子上的那具屍體是不是蔡德進。我看到他的臉，然後點點頭。

我沒有哭，只是很想吐。

我從沒有認真看過他的臉，沒想到終於看清他的臉，會是在這個時候。下一秒，我突然反胃加遽，問了旁邊的警察廁所在哪裡，我就衝出去吐，吐到眼淚都出來了。

我想到我的阿嬤，那個疼了兒子一輩子，操勞到死也沒有享過清福的阿嬤。如果她在天上看著，對於蔡德進的下場會有什麼想法？會不會後悔自己的溺愛終究還是造成了悲劇？還是會氣自己當初就不該管他死活，或許她還能多活幾年？

我一直想，就一直忍不住想吐，直到女警擔心的進來廁所，確認我沒有昏倒在裡面。

她把我帶出去，拿了些文件給我簽後，跟我說了些流程，包括什麼時候驗屍，什麼時候可以讓我開始辦後事等等，說得非常清楚。女警見我都沒有回應，擔心我聽不懂，還幫我記錄在紙條上，再三確認真的不需要送我回家後，才讓我走。

她對我說了一句，「節哀。」

我恍神的走出警察局門口，就看到周東漢站在那裡。本來一點都不想哭的我，一看到他，就像小孩子跌倒，本來自己站起來就沒事，偏偏聽見媽媽一叫，就開始放聲大哭一樣，我的眼淚掉了下來。

他走過來，先是肢體僵硬的拍拍我的背，但我的眼淚只是掉得更兇。最後他伸手把我擁入懷中，我哭溼了他胸前的衣服，緩和情緒後才驚覺自己的懦弱。我把他推開，羞愧得想走人，他有點生氣但又不能對我發火的說：「為什麼不讓她們陪妳來？」

「你以為認屍是在開 party 嗎？」我冷冷回話。

「發生這麼嚴重的事，本來就要有人陪在身邊。」

「誰告訴你的？」絕對不可能是他送豆花經過，剛好遇到我，因為他明顯就是來等我的。至於知道這個地方的人，除了家裡那三個，沒有別人了。

「胡子瑛。」

「她怎麼找得到你？」

「上次妳送急診的時候，我跟她互相留了手機號碼。」他說得理所當然，但我不懂他們為什麼要交換號碼。

他看出我有問題，直接說：「因為妳很容易出事，所以我先跟她要了電話。」

「就算她找你，你也不一定要來，做你自己的事就好。」

我冷冷說完，他卻突然暖暖的回我，「我自己想來可以嗎？」雖然口氣還是不知道在跩什麼。

「那你可以走了。」

「我先送妳回去。」他直接拉著我的手就往前走。我覺得這樣不行，太過可怕，我現在是喪父的狀況，正常是要傷心欲絕才對，我怎麼心臟跳這麼快？我抽回了我的手。

他轉頭，莫名其妙的看著我，「怎麼了？」

「沒事。」我越過他，繼續往前走。他就這麼走在我的旁邊，然後時不時低頭看我，很像在觀察什麼一樣。我被他看到受不了，忍不住停下腳步，「你放心，我沒有難過，我其實覺得很輕鬆。」

他愣怔的看著我，「妳不難過，剛才為什麼哭成這樣？」

因為我想跟你撒嬌啊，傻子。

我當然不會這麼跟他說。

「我只是嚇到了。」我真的嚇到了。時不時傳訊息向你要錢，你每天都在想說這種人怎麼可以還活著的時候，他就突然間死了。人生的任何一個措手不及，都會摔得你頭破血流。

我繼續告訴周東漢，「我為什麼要為了那種人傷心？他什麼都沒為我做過，卻在我長大能賺錢後一直要我給他錢去賭博。我只心疼我那個累到死掉的阿嬤，還有我自己。你知道我現在就是覺得解脫了，從今以後不會有人再繼續騷擾我，跟我要錢，我開心都來不及。」

他盯著我看，也不說什麼，搞得我好像得繼續說什麼，場面才不至於尷尬。「是不是覺得我很無情無義？怎麼辦？可是我就是這種人，我說過，我寧願把錢花光，也不願意給蔡德進一毛。他根本就是活該、他根本就是死有餘辜，根本就是老天有眼，根本……」

我還沒說完，他就把激動到不行的我拉進懷裡，「好，妳覺得好就好，妳覺得好就好，妳覺得妳沒事就好！」

我就這麼愣住了，待在他懷裡，直到情緒穩定下來，才緩緩推開他，深吸口氣，「我想自己回去。」

這一次，他沒有拉住我，只是目送著我離開。

假裝堅強向來不難，難的是你真的不想假裝，難的是你真的很想堅強，反作用力卻使你脆弱，讓我在周東漢面前原形畢露。我不能接受那樣無助的自己出現在他面前。

那我會讓我從今以後都想依賴他。

最後，我沒有回家，傳了訊息給巧漫、怡可跟子瑛姊，說我想去一個地方。有個人現在應該也很想知道到底發生了什麼事。我告訴她們，我明天才會回去，而且一定會回去。她們沒有多問，只說會在家等我，要我一切小心。

於是我搭了高鐵，轉車再轉車，回到屏東時，已經晚上十點多了。我再搭計程車去到寺廟附設的私人納骨塔，廟公阿財叔看到我有些驚訝，「家葦啊，妳怎麼現在來？都那麼晚了。」

「阿財叔，我想跟阿嬤講講話。」我說。

廟公見我狀況不對，也沒說什麼就點點頭，幫我開了門和燈。我沒有點香，就這麼站在阿嬤的骨灰位置前面，把所有的事告訴阿嬤。然後我忍不住問她，「妳會怪我不照顧你兒子嗎？」

我看著照片裡的阿嬤，得不到回應。

「阿嬤，我真的是一個人了，這世界上沒有我的親人了，從今以後就只有我了。」我沒有哭，因為我該哭的都哭完了，我只是覺得很寂寞。我轉身走出納骨室，坐到寺廟前的階梯前，抬頭一望。

天上沒有星星，那一整片湛藍如墨的夜空，跟我一樣，都好寂寞。

阿財叔突然走到我身邊，給了我一包東西。我愣了一下，「這是什麼？」

「妳阿嬤破病的時候，有交代要阮阿爸給妳啦，阮阿爸妳應該記得吧？就文鎮阿公啊！結果妳阿嬤走沒多久，阮阿爸也突然車禍過世了，什麼都沒有交代。前陣子家裡翻修，才在阮阿爸的衣櫃找到的，裡面有我阿爸幫忙寫的信啦。」我接了過來，阿財叔說：「妳應該還沒吃飯吧，阮某有煮飯啦，我去弄熱給妳吃。」

「謝謝。」我忍不住發抖的說。阿財叔離開後，我緩緩打開阿嬤給我的袋子，裡面有一些金飾，還有幾張我跟阿嬤的泛黃合照，我拿出裡頭的信看著，上頭寫著：

家葦啊，我是阿嬤。

我拜託文鎮來幫我寫這張信，阿嬤生病了，不知道還能活多久，想要向妳會一聲失禮。

我知道是我不好，才會讓妳這麼辛苦。

若是阿嬤死了，妳老爸還是那個樣子，就作妳去過妳的生活，不要拿妳的人生跟他浪費。

阿嬤這輩子最虧欠的人就是妳，但阿嬤眞歡喜有妳這個乖孫。

我能做的，就是加減幫妳存點嫁妝，以後妳若是結婚，就可以跟大聲說，妳也是有後頭厝的。

後面的字，我一個也看不清楚了，眼淚再次被阿嬤的信逼了出來。我看著照片，在心裡吶喊了千萬遍阿嬤。我以為只愛蔡德進的她，原來也是愛我的。

我的眼淚再也停不下來，抱著阿嬤留給我的東西，哭到不能自己。或許是阿財叔端粥來給我的時候，發現他安慰不了我，只好打電話給乾媽求救。於是乾媽來了，坐在我旁邊輕摟著我，讓我宣洩我的眼淚。

最後，我哭到筋疲力盡，被乾媽帶了回去，睡在巧漫的房間。這是阿嬤死後，我第一次夢到了阿嬤。

她什麼也沒有說，只是對我一直笑、一直笑。

不管我們身上有多少被貼上的標籤，
但只要閉上眼睛，擁抱對方，
就能感受到最真實的彼此。
心跳聲不會説謊的，
而在同時跳動的那一秒，我們該做的事，
就是好好相愛就行。

第十章

人生，大概就是自己一直綁死結，再努力重新拆開的過程吧。

小時候，因為我只能依靠阿嬤，所以即便我不認同、我不開心，仍然很努力的聽她的話。等到發現自己慢慢長大，而且長大了，可以靠自己讓世界不一樣，我便開始反抗阿嬤的委屈求全、犧牲奉獻、寵溺兒子，我的叛逆期比所有小孩還要早。

記得小二那年，我就拿東西丟蔡德進了。

那時當然換來一頓毒打。阿嬤沒有護著我，因為她想讓兒子至少擁有一點點身為父親的尊嚴。那是我第一次知道了什麼叫孤單，那是第一次，我在我的人生裡，打了第一個叫親情的死結。

我對蔡德進的情緒，其實是有不同階段的。

國小二年級之前，我還會喊他一聲爸。那時候我知道他是一個和別人不同的父親，比別人會賭，比別人會欠債，忘了自己還有老母跟女兒。阿嬤也常說再怎麼壞，他也是妳父親。

不懂事的我，聽著阿嬤的話，把這樣的人努力當成自己的父親。

在那陣毒打之後，我再也沒有叫過他一聲爸，我開始恨他，只有他出去賭到不回家的日子，我才會覺得輕鬆自在。但好日子不常，只要他每次賭完回家要錢，我就回到了地獄。

他常暴躁的翻遍本來就窮的家，甚至會直接帶高利貸來恐嚇阿嬤給錢。這種人配當人嗎？高利貸要拉我去賣的事，至少發生了三次。最後一次我真的被帶到車上了，阿嬤拜託鄰居打電話報警，我才又被放了回來。

那年，我才國中，然後因為真的還不起錢，再加上鄰居都無法接受我們繼續住在那裡，時不時被高利貸找來大吵大鬧。阿嬤便跟蔡德進說，要活下去，就得離開高雄才行，於是我們到了屏東。但蔡德進好像有賭場的雷達，四處都可以找到地下賭場去賭。那時候，我每天都希望他去死。

可是，這種臉皮厚的人特別難死，老天爺特別喜歡留這種垃圾在世上，來挑戰別人的耐性。到最後我連看到阿嬤為兒子哭都不會同情了，是她一次又一次為兒子擦屁股，一次又一次的放任兒子，直到她再也拉不回來，為時已晚。

阿嬤過世時，我剛好十八歲，在巧漫家住到了上大學，就開始自己半工半讀過日子。這段期間蔡德進還是會問我人在哪，身上有沒有錢，我從沒有回過他半次。等我越來越大，越能讓自己好好生活的時候，我已經不恨他了。他對我來說就只是陌生人，誰沒事會去恨一個陌生人？

我答應過阿嬤，至少他死的時候，我會幫他辦好後事，這是我能為阿嬤做的最後一件事。

但這件事，對我來說也沒有那麼容易。

當我從屏東回來後沒多久，警察也通知我可以過去處理遺體。巧漫幫我聯絡了她花店一位在禮儀社工作的客戶黃小姐過來。她告訴我有很多種套餐類型可以挑，問我要挑哪一種，老實說，她剛說了什麼，我一句都沒聽進去。

「要不要參考這個圓滿方案？」她問，我卻看著目錄發呆。

聽著巧漫、怡可和子瑛姊仔細研究哪個專案比較好時，我下了決定，「最簡單的就好。」

阿嬤過世時，我沒有錢幫她辦得盛大一點，以悼念她這庸碌心酸的一世，葬儀費還是里長跟乾媽拿錢出來辦的。蔡德進根本沒什麼都沒做，阿嬤告別式前一天，他還在賭場打麻將，這件事我一輩子都不會忘記。

如果他連死了，都還要比阿嬤享受，這不是太不公平了嗎？

一切從簡。

什麼十天、十五天，要找多少師父來唸經，我通通拒絕，請黃小姐給我一個最快能結束這一切的方案。幾天後便是蔡德進的葬禮，但我拒絕了新婚不久的巧漫和卓元方來參加，也要怡可去上班。本來還想要子瑛姊也別來，但她很不爽的說：「我沒有新婚，也沒有工作，最多的就是時間，而且火化完，不是還要把骨灰帶回屏東？」

對，我阿嬤心愛的兒子，終於可以乖乖待在她身邊了。

就這樣，我被子瑛姊堵得無話可說，只能讓她陪我跪、陪我拜、陪我唸經。短短一個早上，我的膝蓋已經腫了，好不容易可以站起來，我真的累到跟子瑛姊說：「以後我死了，拜託直接火化撒海裡不要唸經，太累了。」

我差點沒被她打死，「呸呸呸，這裡什麼地方？妳在亂講什麼？」當媽的人都會變得有很多忌諱。

我笑了笑，她擔心的問我，「妳真的沒事吧？」她應該是想問為什麼我連一滴眼淚也沒有掉，是真的不傷心不難過嗎？

「對我來說是喜事啊，我要有什麼事？」我說完之後，便跟著禮儀師和唸經師父往火化場走去。

我站在蔡德進的牌位前，禮儀師幫我點了香，要我跟蔡德進做最後道別。

我拿著香，在心裡跟他說了一句，「如果還有下輩子，希望我們都要不認識，我不想再當一個恨你的人。」

接著我把香遞給禮儀師。她有點詫異，表情好像是在問我「怎麼那麼快」。因為話不投機半句多。

然後，我看著蔡德進的棺材推進了火化的機器，師父要我跟著他喊，「爸爸，火要來了，你趕快跑！」我根本就喊不出口，一句都喊不出口。我也想說他都死了，沒什麼難的了，但偏偏「爸爸」兩個字我就是喊不出口。

子瑛姊知道我喊不出來，便幫我喊，「阿伯，火要來了，你趕快跑！」我轉頭看著她，一臉感激。就這樣，那兩個字從我小二後，一直到蔡德進死，這二十幾年來我都沒有喊過。

等火化的時間，子瑛姊去買了些吃的跟喝的給我。但我吃不下也喝不下，我一直在想，他人都死了，為什麼「爸爸」兩個字我還是喊不出來？

我真的這麼壞、這麼不近人情嗎？我沒有答案。

所有流程結束後，已經下午三點多了。我抱著蔡德進的骨灰罈，師父教我，要回去屏東晉塔時，上車要記得喊爸爸上車，如果途中有過橋，要記得喊爸爸過橋，說了各種喊爸爸的指示。

我看著師父，覺得他是不是想整我。

師父被我看得有些唐皇，整理完他的東西就離開了。我等子瑛姊開著向怡可借的車過來時，都在想到底要怎麼叫蔡德進上車？

很快的，車子就出現在我眼前。我深吸口氣，看著骨灰罈低語，「如果你認得我的聲音，就跟我走，自己跟緊。」接著，我就聽到車門打開的聲音。下一秒，周東漢從駕駛座走了下來，我整個人傻住。他走過來幫我撐黑傘跟開車門，我怔怔的看著他，他沒有解釋他會什麼會出現，只是說：「上車啊。」

我回過神，坐上了車，他也上了車。

我還是一臉疑惑，「怎麼是你？」

「胡子瑛請我幫她開車，因為太遠了。」騙誰啊，子瑛姊根本就是想找機會給我和周東漢碰面。她是不是現在沒什麼好煩惱的，所以開始煩惱我的感情？還是說太閒，閒到可以當紅娘？

我沒說話，最近已經很克制自己不去想他了，沒想到他又直接出現在我面前。我真的有種莫名的焦躁感，想痛打子瑛姊一頓。下一秒，我就收到她的簡訊，「幫妳安排了司機，希望妳一路舒服。」

到底多討打？差點氣到把手機丟出去。

我在心裡重重嘆了口氣，把臉轉向車窗，看著外頭的風景，希望周東漢就專心開車，別跟我講話。但老天爺就是很喜歡跟我唱反調，我越希望不要的，他就硬要做，耳朵神硬。

「妳要喝點水嗎？」我搖頭。

「要不要吃點東西？」我再搖頭。

然後我們又陷入了一陣靜默。幸好之後就這麼一路開到屏東，我們都沒有說話。到了寺廟前，阿財叔已經在那裡等我。周東漢下車幫我開門，護著我的頭讓我下車，阿財叔一看到我就問：「妳有沒有叫妳爸好好跟著。」

「他都幾歲了，應該會好好跟著吧。」我說。

阿財叔一愣，搖搖頭，「妳喔，還是不肯叫妳爸爸？」我不說話，他感慨的說：「個性別這麼硬，人都死了，沒有什麼過不去的！來啦，跟我來！」然後朝著我身後喊，「德進啊，要晉塔了，你就跟著。」

阿財叔帶著我完成後續流程，點了香給我後，他問周東漢，「少年仔，要不要幫你點？」

「不用！」「好！」不用是我說的，好是他說的。阿財叔聽了他的話，幫他點了香。

接著阿財叔帶我們祭拜蔡德進。他被放在阿嬤的旁邊。我突然羡慕起蔡德進，全世界最做自己的人，大概就是他了。這輩子他不做誰兒子、不做誰丈夫、不做誰父親，就是痛快的當了一次蔡德進。

像他這種任性妄為的人，才是被上帝眷顧的人。

最後我再幫阿嬤上香，告訴她，她的兒子終究為他的自私付出了代價。昨天警察將他的案子宣告終結，不是什麼債務纏身，而是他異想天開帶著女朋友劉蓮芳去地下賭場詐賭出老千，結果被發現，賭場的圍事教訓了他一頓。結果他被人失手打死，打死人的那個小弟也抓到了，一切到此為止。

等到我再次踏出納骨塔時，已經天黑了。

我和阿財叔道了再見，阿財叔問我，「妳還要出國嗎？既然妳爸爸不會再找妳麻煩，就不要再出去了，要常回來看看阿嬤啦！」我只是笑笑，再一次謝謝阿財叔後，坐上了車。

周東漢也跟阿財叔寒暄一番。不知道的人，大概會以為他們很熟。隨後他才跟著上車，發動引擎。忙了一天，總算要結束了，回台北的路上，腿上沒了骨灰罈的重量，我頓時有些不習慣。

他車開到一半，突然問我，「妳還要回法國嗎？」

「當然要啊。」還有東西要去整理。

然後，過了好一會兒，他才又說：「我媽很擔心妳，妳如果有空去豆花店，讓她陪妳聊天。」

「請她不用擔心，我沒事。」我說。

他轉頭看了我一眼，「我以為我個性已經夠倔了，沒想到妳脾氣比我還硬。」

「是啊，我就是個連父親死了，到最後都喊不出爸爸兩個字的人。」誰比我狠心？

結果他突然跟我說：「妳不是喊不出口，妳是太痛了。」我愣了一下看向他，他繼續說：「妳知道嗎？我最近看到妳，都會一直想到我自己。」

「什麼意思？」

他突然伸手過來抓住我的下巴。我嚇了一跳，以為他想要吻我，結果他卻是捏捏我的臉頰，「拜託妳放輕鬆，不要每天都這樣咬牙切齒的，好像隨時都要找人打架一樣。」

我沒好氣的拍開他的手，「還敢說我，你自己不是一樣嗎？」

他突然對我笑了笑說：「現在不一樣了。」

「最好是。」我好像是第一次看他笑到露出牙齒，媽的，有點帥。

然後他突然說一句，「欸，吳家葦，我們一起往前走好不好？」

「什麼意思？」我反問。

「就妳想的那個意思。」他又把球丟還給我。一直到台北，已經晚上十一點多，我還是沒有想出那到底是什麼意思。

他沒有送我回家，而是帶我去二十四小時營業的麵店。

我被他拉下車，有些沒好氣的問：「幹嘛？」

「肚子餓。」

「那你不能先送我回去，再自己來吃嗎？」

「自己吃很孤單。」

「不然你這幾年怎麼活過來的？周媽沒煮，你就吃空氣嗎？」

他沒理我，乾脆伸手拉著我入座，直接點了麵、水餃、一堆滷菜。既然走不了，我也只能配合他，原本沒有饑餓感的我，吃了一口麵，頓時胃口大開，立刻也專心的吃著。他也一直往我的碗裡夾小菜。

「你不是這種溫柔的人，不要做作。」我很老實的跟他說。

他沒理我，繼續幫我挾小菜，突然又問：「妳真的要回法國嗎？」

「不然呢？」

「沒事。」他有些逞強的搖搖頭。我實在不懂他一直問我要不要回法國幹嘛？

吃完麵，他去結帳，我往後頭去了趟洗手間，結果一走出來就聽到文亦菲的名字。我忍不住佇足，轉頭一看，那個什麼花跟什麼鬼的 YouTuber 就坐在角落那桌，說著文亦菲的壞話。

「欸，文亦菲這招滿有用的，她的追蹤人數沒再掉了。」

「噁心死了，裝得好像很有誠意一樣，假仙。」

「對啊，網友也很智障，都吃這套！真的氣死人耶，好不容易抓到文亦菲的把柄，難得她找我哭訴，我把她灌到多醉，才讓她說出自己租包包的事，我還花錢找人 po 文，結果都白費了。」

「是那個吳家葦多管閒事啦，婊子，她也很討人厭，自以為是什麼？說什麼對拍片沒興趣，去死！」我這樣也中槍？

「真的，一臉高傲，好像自己多厲害，床上比較厲害吧，妳有看到今天新聞報導她爸是詐賭被失手打死的嗎？現在網友又在同情她，網友才是全天下最不要臉的人，牆頭草！」

「本來看文亦菲就很不爽了，現在連吳家葦也讓我很不爽。對了，上次她在夜店喝酒跟吳家葦打架，妳有錄下來嗎？」

「說到這個我才氣，我本來要錄，是那個文亦菲前男友搶走我的手機，不然拍到我們就爽了，一次讓吳家葦和文亦菲死。」

「還是先讓文亦菲死？她有一次喝醉不是脫衣服在那裡發瘋，我好像有錄到！」那個什麼鬼的拿出手機，點進了影片給什麼花的看。

我忍不住走了過去，直接搶過手機，看到文亦菲喝醉脫到只剩內衣褲的影片。她們嚇了一跳，起身想過來搶。這時周東漢可能等我等太久了，擔心我掉進馬桶，剛好找過來。我馬上喊，「攔住她們。」他見我表情凝重，也沒多問，就馬上站到我前面攔住她們兩個。

「欸，妳這樣我可以告妳喔！」那個什麼花的大聲說。

換我拿出我的手機，撥了剛剛我從她們聊到一半就開錄的對話。做人傻一次就夠了，都罵到我了，怎麼能不錄一下，至少可以用來自保。

她們表情難看，但我的臉也不遑多讓，我冷冷的說：「這次要不要換我 po 上網？」她們嚇得連一句話都不敢說。就這樣，我和周東漢把她們手機裡所有關於文亦菲的影片和照片全刪了，連刪除項目裡的暫存檔也全清空，才把手機還她們。

然後什麼鬼的就很不爽的說：「我們都刪了，難道妳不用把妳的錄音刪掉嗎？」

「要我刪可以，妳們去向文亦菲道歉。」她們當然不肯，在那裡跟我討價還價。我真的是氣到拍桌，「妳們能不能有點羞恥心？能不能像個人？我不知道妳們和文亦菲的仇結得多深，但妳們拿人家弱點去攻擊別人就是錯，甚至還把我拖下水，妳們都不會心虛？妳們不喜歡她，大不了別做朋友，但妳們不也是想抓住文亦菲這個人脈，才一直黏著她嗎？妳們又有多了不起？多清高？」

她們不說話，我也說到嘴痛，「給妳們三天，如果不去道歉，我就會上網公開，我吳家葦說到做到！」我轉身拉著周東漢離開。

車上，他突然笑著說：「有時候覺得妳的自以為是還滿可愛的。」

「你還有臉笑？你是怎麼跟大家一起誤會我的？」欠人翻舊帳啊。

他馬上正色說：「對不起，我一直很想跟妳好好道歉。」

「來不及了。」

「我可以每天道歉。但說真的，那時候的確覺得可能是妳做的，那是因為，我覺得就算妳真的這麼做，我也可以理解。」

「誰要你的理解，我要的是你的絕對信任。」我脫口而出。

他再一次道歉，「對不起，我知道是我錯了。」

看他這麼有誠意，反倒是我有些嚇到，才想回應他時，我的手機震動起來，是怡可來電問我到哪裡了，不是該到家了嗎？我在離開屏東出發往台北時，分別向她們報過平安。

「剛去吃東西，現在要回家了。」

「那就好。對了，妳可不可以幫我買個馬桶吸盤？我剛才不小心把牙刷掉進去，還沖掉了。」

「妳真的是……」不愧是蘇怡可。我應了聲好便掛掉電話，告訴周東漢我要去大賣場，我可以先送他回去休息。

「不用了，我陪妳去。」他語氣像是不容許我再拒絕。很快我們就到了最近的小北百貨，他和我一起下車找馬桶吸盤。本來要去結帳了，但經過碗筷區時，我突然想到周媽豆花店裡那些被淘汰掉的碗和湯匙，得買一些補回去。

我蹲下身開始挑選起來，想找些風格復古又適合豆花店的。

他一臉好奇的問：「妳買這麼多碗幹嘛？」

「我想把豆花店的碗換一下，有缺角雖然不明顯，但還是要淘汰掉啊。我阿嬤以前說用缺角的碗不吉利，這樣周媽在洗碗也安全，客人也看了會開心，豆花店才會長長久久。」我說完，見他沒有搭話，忍不住抬頭問他，「又要覺得我多管閒事嗎？我沒有要管你喔，我是管周媽。」

他突然蹲了下來，又用手抓住我的臉。

我真的很不爽，「欸，我剛沒有咬牙切……」下一秒，他就用他的嘴堵住我的嘴。我差點忘了呼吸，他放開我後，才提醒我喘氣。

我真的傻眼，「你是瘋了嗎？」居然在小北百貨吻我？沒有更好的地點嗎？

結果他居然點點頭，假裝沒事的拿走我身旁的提籃說：「夠了吧，別再買了。」接著他站起身繼續逛。這種情形，我如果再去問他剛才為什麼要吻我，是不是顯得我太純情？還是計較？還是佔下風？

不想讓他看扁，我也學他一樣裝沒事。雖然我動了八百次念頭，想問他剛剛這樣吻我到底算什麼？但我要忍，除非他自己告訴我，不然我也要跟他一樣，不當一回事。

經過小朋友的玩具區，我看到有一台用嘴巴吹氣就可以彈出聲音的小電子琴，故意拿給他，「想要我原諒你誤會我的事可以，你馬上現場彈一首歌給我聽。」

他突然好像被定格了一樣，就在我拿到手痠，以為他還是陷在過去的失敗時，他才伸手拿了過去，「那妳要買給我，因為吹了就不能再放回去。」

我當然大方點頭，一九九元換他一首歌，划算的是我。

於是他開始彈起曲子來，不是他ＵＳＢ裡頭的歌。我完全沒有聽過，但不知道為什麼，聽了心裡卻有說不出的莫名感動，不知道是因為他願意彈首歌給我聽，還是因為他願意再一次的接觸音樂。

我忍不住偷拍下來，想留作紀念。

結果，沒多久，工作人員來了，「不好意思，雖然很好聽，可是因為旁邊是住家，這裡隔音不太好。」

我們兩個同時糗，迅速到櫃台結帳，離開小北百貨。在車上，我們相視笑了出來，我忍不住問他，「這是什麼歌？」

「以後再告訴妳。」他一臉拿翹的樣子。

我也不想再問，但我很老實的跟他說：「其實我剛拿琴給你的時候，我以為你會拿起來砸我。」

「我又不是妳。」他瞪了我一眼後，突然說起他和 Leo 過去玩音樂的種種，當然還有他官司纏身最後連父親的保險金也賠光的事。

「每次看到我媽在那邊磨豆子，我都覺得很對不起她，也很對不起我爸，因為我才害得連我媽都要這麼辛苦。不管我跟我媽說了多少次抱歉，她都告訴我，就算我爸保險金沒花掉，她也是會繼續經營豆花店，守著她和我爸記憶。以前我只覺得我媽是在安慰我，我以為快樂是建築在成功上面的，所以失敗的我，沒有快樂的資格。可是吳家葦，是妳讓我知道，一個失敗的人也有爭取快樂的權利……」

他還沒有說完，我手上那把玩具琴已經打到他身上。他悶哼一聲，我沒好氣的說：「你是拐著彎罵我做人失敗嗎？」

「不是，我是要光明正大的稱讚妳很勇敢。」

「你今天真的很奇怪。」講話太不像周東漢了，都是甜言蜜語。

他才剛要回話時，發現手機響了。他用藍牙耳機接了起來，卻不小心按到擴音，文亦菲的聲音響在我們兩人之間。她又是一陣哭哭啼啼，「阿漢，你在哪裡？我在你家門口等你，你快點回來好不好？我現在真的很難過，我想跟你講講話。」

說我吃醋也好、忌妒也好、沒品也好。但我真的很不爽，想想一個半小時前才親過我的男人，現在接到前任女友來電哭訴，竟然還一副心軟的表情。我有些受不了的說：「他馬上回去。」

下一秒，我拿過他的手機掛掉，然後對他說：「把車開去你家。」

「家葦……」

我這一次真的是咬牙切齒，「開去你家。」我說完，就撇過頭去不理他，他沒轍，只好往豆花店開，幸好很快就到了。他剛下車，文亦菲就衝上前去抱住他。我上了駕駛座後，直接把車開走。

一路上，我忘不了的都是文亦菲擁抱周東漢的那一幕。

回到家，怡可跟子瑛姊在吃消夜，這兩個人先是關心我今天的狀況，然後又想八卦我和周東漢的事。我直接把吸盤吸在怡可臉上後，就轉身回房間。我迅速洗好澡，躺回床上，希望自己睡著。

但反正就是這樣，妳越想睡就越睡不著。我拿起手機，打開我超久沒碰的 Instagram，在我最後一篇貼文底下有不少懺悔文，說是看了偏頗的報導誤會了我，甚至罵我，所以要跟我道歉。也有人心疼我受到抹黑，同情我因為蔡德進所受的委屈，長長的好大一串。我把所有留言都看完了，我感謝心疼我的人，卻也沒有朝那些仍然留訊息罵我的人丟石頭。

人生，就是在比誰看得開。

我玩著手機，點開剛才周東漢為我彈的那首歌，就這麼播了一夜。我處在好像睡著，也沒有睡著的狀態下，等到我再次下床已經是早上快八點。我先到客廳收拾怡可跟子瑛姊熬夜追劇留下的零食啤酒後，看到了小北百貨的提袋，才發現，昨天忘了把碗跟湯匙還有那把琴拿給周東漢了。

於是，我決定趁他起床前，拿去給準備開店的周媽。但我沒想到，我到了豆花店，鐵門是關著的，周媽還沒到豆花店。就在我掙扎著要不要先回家時，鐵門突然開了。

我愣了一下，轉身就看到從裡面走出來的人是文亦菲，後頭還跟著周東漢。原來昨天文亦菲在這裡過夜。說真的，我沒有把手上的碗砸向周東漢，我都覺得自己太善良了。我直接把東西丟著，轉身快步離開。

我逼自己不能跑，不能顯現自己的失措，但不知道怎麼的，腳步就是越來越快。然後，一道人影突然在我面前出現，我一個剎車不及，直接撞進他的懷裡。我趕忙道歉，才發現我的道歉根本多餘，周東漢早就不知道在什麼時候追上我，甚至超過我站到我面前。

「妳能不能聽我把話說完？」他也有些生氣。

「我不想聽。」

「吳家葦！」

「叫什麼叫！」我氣到抬頭瞪他。

他才放軟了說：「妳不要誤會，我跟小菲什麼事都沒有發生！昨晚妳不是叫那兩個人跟小菲道歉嗎？她發現一直在身旁的朋友居然害她，她一時不能接受，所以才難過的來找我。最近我也才知道，她其實根本沒有什麼朋友。」

我在這裡要跟廣大的男性朋友宣告，像這種解釋詞，百分之分的討打跟欠呼巴掌，每一句都是多餘，「很好啊，那你就好好當她一輩子靠得住的好朋友，好嗎？」如果當一片衛生棉是你的宿命，我祝福你。

他本來想生氣，但又突然笑出來，「妳在吃醋？」他以為我會像少女那樣嬌羞的說，我才沒有嗎？錯了，我不會。

我直接嗆他，「對！我氣到一整個晚上沒睡，你昨天才吻過我，然後今天早上跟前女友一起出現，你覺得我能不生氣嗎？你是在耍我嗎？還是想看我笑話……」

他一把抱住我，然後說了一句，「我是認真的。」換我愣住了。他繼續說：「我知道妳還是決定回去法國，但我會等妳。」他突然這麼真誠的說完，卻換我退縮了。

以前覺得愛上一個人很難，但現在覺得要愛一個人很久才是真的難。

我推開他了，「你知道自己在說什麼嗎？」

「知道，我這幾年來沒有像現在這麼清醒過，我周東漢就是喜歡吳……」

「不要說！」他被我這麼一吼，也突然愣住了。

現在的我想好好珍惜他，我真的很想好好珍惜他。我害怕的不是我受傷，而是他會受傷。以前的我，會不顧一切衝上去抱住他，兩個人在一起感覺到了就好，合不來就分開，就像過去的那幾段感情一樣。但最後我的下場，便是狠狠跌了一跤。

他有沒有想過自己到底喜歡我什麼？

我可是每天都在想，我為什麼會喜歡他？那時候確認自己愛上卓元方，我花好了久的時間，但為什麼這次就這麼突然的把心放在他身上？

這陣子發生了這麼多事，生活被狠狠的攪亂，我自己都還在暈頭轉向，我現在一點自信也沒有。每次都是那麼狼狽的出現在他面前，他大概是全世界看到我最多弱點的人吧。

如果我現在過去，牽著他的手，我知道我們會在一起。但我很害怕的是，這樣完全搞不清楚感情狀況時，我們能在一起多久？想到可能再一次失去，我很沒用的退了一步，然後跟他說：「你真的會等我？」

他點頭。

「好，那你等我兩年。」

他有些錯愕的看著我反問：「為什麼要兩年？」

老實說，我也不知道為什麼會脫口而出說了兩年，但我已經說出口了，怎麼好意思改？我自己也是騎虎難下，差點沒往旁邊的電箱撞幾下，但我還是得冷靜，像掌握全局的人一樣，冷冷說著，「反正就是兩年，難道你沒有信心？」

我現在唯一的希望，就是他開口跟我討價還價，但他沒有，他居然一口答應。誰准他這麼做的？如果喜歡我，不就應該拒絕我這兩年的提議，改成一年也行啊！

結果他卻說：「兩年就兩年，兩年後，不管妳在哪裡，我都會去找妳。」

我真的很想哭又很生氣，平常不是最會凶我，最會唸我，為什麼今天這麼爽快？還是他就是隨便說說的？打定了兩年後，也不會記得他，他也不會記得我，這樣約定就一筆勾銷的主意？

「你說的喔。」快給我改時間！

「嗯，妳還需要打勾勾嗎？」他伸出手來。我惱羞成怒的拍掉他的手，我真的是很氣他，氣到好想掐死他。但最該氣的人是我自己，是我白目，是我活該，腦子都沒想過就說兩年。我是發了什麼神經？兩年後我都幾歲了？

「那就這麼說定了。」他摸了摸我的頭之後，瀟灑的轉身離去，連頭都沒有回。

這叫喜歡我？

我氣到回家埋在枕頭裡大吼，可是怎麼辦，一切都來不及了。這件事被她們三個人知道，我被巧漫罵到快哭了，怡可跟子瑛姊則是一直笑我傻。然後我以為周東漢會良心發現打電話給我，但他完全沒有，好像人間蒸發了一樣，好像從沒有來過我的生活一樣。

我就抱著這種被快自己氣死的心情，先回到了法國，整理完我所有家當，和房東奶奶清點傢俱，還有告別。我一直很謝謝她，在我決定留在法國生活時，是她用很便宜的租金把房子租給我，好讓我不至於太過節据的過日子。就連我後來賺了點錢，她也沒有漲我房租，偶爾會帶些她烤的派來給我吃。

我不捨的抱抱她，希望有機會她能來台灣玩，我一定會好好招待她。她突然有些哽咽的告訴我，她很想去，她一直很想去台灣，在她的心裡，對台灣一直有份特別的感情，因為她過世的孫子也很喜歡台灣。

她開始說起她珍貴的孫子，說他孫子跟我差不多大，可惜生了病。當她用手機找出孫子照片，把手機轉向我時，我差點沒大叫出聲，照片上的人居然是 Leo！

這到底是什麼緣分？

我再次緊緊的抱住房東奶奶，然後把我和周東漢的相遇告訴她。我說我認識了她孫子在台灣最好的朋友，就這樣，我們兩人哭得稀里嘩啦。我陪她說了一整晚的話，直到隔天早上去機場，我都對這樣的巧合感到不可思議。

回到台灣後，我好幾次試著想打電話給周東漢，跟他說這件事，但我看他整整一個月都無消無息，我也不想主動找他，每天就在自尊和想念周東漢之間來回拉扯。

但說來好笑，我以為很難熬，每天工作、下班、想周東漢，一天天就這麼過完了。七百多個日子，我仍然是孤單一人，不知道那個說一個人吃東西很孤單的周東漢有沒有餓死。

就像電影字幕打上「兩年後」一樣，兩年時間，一眨眼就這麼過去了。

我幾乎把所有時間都給了工作，何太太開了間女人專屬的喘息館，我就這麼成為了館長。一樓是咖啡店，二樓是 spa 及健身店，三樓偶爾會跟些有名的老師合作，開些課堂或辦演講，免費讓會員使用。至今最受到熱烈歡迎的，仍是請兩性專家來教大家怎麼整丈夫。

喘息館大受歡迎，預計要再開兩間分館。我就因為這樣，每天都在加班，好讓子瑛姊有空閒時間，可以跟芯芯享受天倫之樂。每次看著巧漫跟卓元方還像新婚一樣甜甜蜜蜜，我就更想念周東漢，我生活裡唯一的慰藉，便只有跟我一樣還單身的怡可。

我把報表丟下，打了電話給她，「要不要去吃東西？」

「我不要，現在吃會胖，對身體不好。」

「現在才十點。」

「一樣。」

「那妳陪我去吃。」

「我幹嘛自虐？而且我很忙，我要去夜店。」

「又去夜店幹嘛？喝酒就不會胖嗎？」

「妳是我媽啊，管好妳自己，兩年之約，妳是要不要實現？」

又來了，她們只要找不到武器對付我，就會把這件事拿出來捅我一下，「我這裡收訊不好，我要掛電話了。」

「妳再逃避啊，周東漢真的要被文亦菲追走了喔！喂，吳家葦！」她還沒有說完，我就直接掛掉她的電話。本來心情還不錯，一跟她講完電話，我整個火又都上來了。

我知道周東漢這兩年很爭氣，他重新開始玩音樂了，先是把自己的歌發布在網路平台上，許多唱片公司找上門，但他卻完全不和他們合作。到最後有人願意投資他，成立了工作室，他自己發布了幾張單曲，即便沒有宣傳，但成績都還不錯。最後是某知名歌手先找他合作，就這樣整個大紅，接下來陸續有更多歌手都表達了想跟他合作的意願。

大概是被唱片公司騙過了，這次想先壯大自己，才會選擇這麼做吧！

這些事是周媽告訴我的。我和周媽基本上兩個月會一起吃頓飯，我原本以為周媽多少會說點周東漢的消息，誰知道她幾乎很少說，只有幾個比較重要的事才會提一下，我如果再問，她就淡淡帶過，讓我的好奇心癢了好幾天。

最近這幾個月，他突然上文亦菲的頻道當來賓，教大家彈吉他。雖然看他們之間的互動，心裡很不爽，可是也幸好他有上文亦菲的頻道，我才能舒緩一些相思之苦。

記得，那天和周東漢約好兩年之約的晚上，我收到了文亦菲的道歉訊息。她的確沒有想像中的壞，自從她坦承錯誤後，走回老本行，繼續經營小資女的頻道，雖然一開始很辛苦，內容也不是很理想，但她韌性算強，邊拍邊修正，漸漸有了很穩定的觀眾群，後來還會請其他的 YouTuber 或是藝人一起拍片，這幾次周東漢跟她一起拍片，她就破百萬訂閱了。

那即將破百萬的人數裡面有我，因為我很沒志氣的想看心愛的人，所以訂閱了文亦菲的頻道。每次我在看文亦菲的影片，子瑛姊都會罵我，「妳再倔啊！我看周東漢不會回來了啦！妳當初如果跟他在一起，搞不好現在跟他都結婚了，妳這個性就是討人厭。」

嗯，我也知道。

看他一臉精神氣爽的樣子，我就知道兩年之約早就被他不知道丟到哪裡去了。他現在過得很好，事業有成，我又算什麼？但我還是很開心，他成為了自己想要成為的人，周媽也很開心，那就夠了。

我繼續工作，子瑛姊突然帶芯芯過來，還帶了麥當勞，一臉火大的說：「怡可說妳還沒吃！」我開心的接了過來，子瑛姊更加不爽，「妳可以休息了嗎？連加一個月班了，妳都要荷爾蒙失調了。」

然後，她摀住芯芯的耳朵，「妳要不也去找個男人一夜情也好，不要再等周東漢了。」

「我沒有等他。」我邊咬漢堡邊說。

然後她冷笑一聲，「是嗎？文亦菲跟周東漢現在在直播。」

我馬上丟下漢堡，用我的手機打開直播，不管子瑛姊嫌棄的搖頭搖得多用力，我眼裡都只有螢幕裡的周東漢。

文亦菲問周東漢，「請問漢哥，今天來要教大家彈哪一首歌？」

周東漢放下吉他，看著鏡頭，「今天不教彈歌，今天是新曲發表。」

「新曲？有歌名嗎？」

「歌名叫〈閉上眼睛相愛吧〉。」

文亦菲笑笑的推了周東漢一把，我真想把她的手扭斷，她跟周東漢說：「這歌名聽起來，好像要唱給誰聽一樣。」

他笑了笑回答文亦菲，「我要唱給女朋友聽的。」

他說完，子瑛姊就像迎接世界末日似的在我耳邊吵，「妳看吧！妳看吧！他愛上別人了啦！」不好意思，世界末日應該是發生在我身上好嗎？子瑛姊在哀怨個什麼勁？

「原來是要唱給我聽的。」文亦菲笑嘻嘻的說：「什麼時候準備的啊？」

我沒有任何心情看了，正要關掉，聽見周東漢又說：「這是兩年前做的歌。」

我愣了一下。

文亦菲好奇的問：「為什麼放那麼久？」

「因為有個女人說兩年後才能當我女朋友，今天正好滿兩年了。」他突然抬頭對著鏡頭說：「吳家葦，妳還愣在那裡幹嘛？」然後他從旁邊拿起我們在小北百貨買的手風琴，邊吹邊彈著他那時候彈給我聽的曲子。

我和子瑛姊對看了一眼，子瑛姊拿了外套往我身上披，我也下意識的連忙從桌下找出高跟鞋套上，子瑛姊催促著我說：「快點，快去啊！」

「去哪？」換我不知所措。

「妳都不知道去哪，我怎麼會知道？」子瑛姊沒好氣的說。

說的也是，不管了，先離開公司再說。我快步跑了出去，才衝出大門要攔車時，突然停在路邊的一輛廂型車打開車門，周東漢走了下來，我以為我在作夢。

他笑了笑，張開他的手臂對我說：「吳家葦，妳還愣在那裡幹嘛？」

這次，我真的衝了過去，換我緊緊擁抱了他，然後用所有我會的髒話罵他一輪，為什麼真的完全消失？為什麼真的都不跟我聯絡？我以為他真的忘了我。

他緊抱著我，開始說著他的計畫，我才知道，他要周媽向我透露消息，是不讓我擔心，他要先發行曲子，是要告訴我，他對夢想有他的進度。

「那你為什麼要參加文亦菲的直播？」

「因為我怕妳會忘了我，要給妳一點刺激。」他說完後，吻住了我。我就在大街上，和周東漢忘情的吻了起來，不管旁邊路人怎麼拍我，又想要怎麼 po 上網，好讓網友酸我，我都不在乎。

此時此刻，我只想閉上眼睛，和周東漢相愛。

【全文完】

後記

學著更快樂

常有人問我，如果還有下輩子，要做什麼？

我現階段的答案，會是「最好不要有下輩子」。當人太辛苦了，更何況是當個女人。或許這樣說很不公平，但因為我只當過女人，我對女人的苦比較能夠感同身受。當然男人女人、二十歲四十歲、兒子女兒、爸爸媽媽各種不同身分，都有不同的苦。

所以，你說，當人是不是很辛苦？

尤其是想當個快樂的人，得先跟別人打過幾仗，再跟自己打過幾仗，最後再跟生活與現實打個幾仗，都贏了之後，才有辦法談快樂。

每當有人對我說：「真好，妳好像什麼都不怕的樣子。」我都會跟他們說，錯了，我膽子超小的，怕老、怕笨、怕沒錢、怕時間過太快，但最怕的是我會不快樂。因為我不知道，不快樂的自己，到底該用什麼表情來面對這個世界。

前陣子，我去做了人生第一次身體健康檢查，發現自己的身體沒有想像的健康。雖然不至於有生命危險，但有不少狀況都需要再追蹤。幾乎有一個月的時間，我都在各個門診裡遊盪，發現是自己糟蹋了自己的時候，我有些絕望。那陣子的我很不快樂，甚至有些敏感，覺得好像沒有什麼好再活下去。

後來，想說既然還死不了，那還是認真一點活下去，我戒了一陣子酒，對！一陣子，差不多兩個月，但老天知道那對我來說差不多是二十年那麼久。然後重新開始運動，也比以前更堅定我自己的立場，但在別人眼裡變成無情。

從以前的安慰自己，別去在意別人怎麼說，到現在完全不在乎別人怎麼說，比起找回快樂，我又找回了平靜，原來，要讓自己什麼都不怕的前提，就是保持平靜。

雖然這個過程很花時間，也很辛苦，但至少我好像做到了。希望所有現在仍處在某種恐懼之中的人，都能有平靜的一天。

雪倫

國家圖書館出版品預行編目資料

閉上眼，讓所有愛情都正常／雪倫著. -- 初版. --
臺北市；商周，城邦文化出版；家庭傳媒城邦分公
司發行, 民 109.05
面 ； 公分. --（網路小說；286）

ISBN 978-986-477-838-6（平裝）

863.57 109005760

閉上眼，讓所有愛情都正常

作　　者／雪倫
企畫選書人／陳思帆
責任編輯／陳思帆

版　　權／黃淑敏、吳亭儀
行銷業務／莊英傑、周丹蘋、黃崇華
總 編 輯／楊如玉
總 經 理／彭之琬
事業群總經理／黃淑貞
發 行 人／何飛鵬
法律顧問／元禾法律事務所　王子文律師
出　　版／商周出版
台北市中山區民生東路二段 141 號 9 樓
電話：(02) 2500-7008　傳眞：(02) 25007759
Blog：http://bwp25007008.pixnet.net/blog
Email：bwp.service@cite.com.tw
發　　行／英屬蓋曼群島商家庭傳媒股份有限公司城邦分公司
聯絡地址：台北市中山區民生東路二段 141 號 11 樓
書虫客服服務專線：(02) 25007718・(02) 25007719
24小時傳眞服務：(02) 25001990・(02) 25001991
服務時間：週一至週五09:30-12:00・13:30-17:00
郵撥帳號：19863813　戶名：書虫股份有限公司
讀者服務信箱 Email：service@readingclub.com.tw
城邦讀書花園網址：www.cite.com.tw
香港發行所／城邦（香港）出版集團有限公司
地址：香港灣仔駱克道 193 號東超商業中心 1 樓
Email：hkcite@biznetvigator.com
電話：(852)25086231　傳眞：(852) 25789337
馬新發行所／城邦（馬新）出版集團【Cité(M)Sdn. Bhd.】
41, Jalan Radin Anum, Bandar Baru Sri Petaling,
57000 Kuala Lumpur, Malaysia.
電話：(603) 90578822　傳眞：(603) 90576622

封面設計／李東記
版型設計／鍾瑩芳
排　　版／游淑萍
印　　刷／高典印刷有限公司
總 經 銷／聯合發行股份有限公司
電話：(02) 2917-802　傳眞：(02) 2911-0053

■ 2020 年（民 109）5月7日初版　Printed in Taiwan

定價／260元

ISBN 978-986-477-838-6

廣 告 回 函
北區郵政管理登記證
台北廣字第000791號
郵資已付，免貼郵票

104台北市民生東路二段 141 號 2 樓

英屬蓋曼群島商家庭傳媒股份有限公司　城邦分公司

請沿虛線對摺，謝謝！

書號： BX4286	**書名：** 閉上眼，讓所有愛情都正常	**編碼：**

請於此處用膠水黏貼

商周出版

讀者回函卡

感謝您購買我們出版的書籍！請費心填寫此回函卡，我們將不定期寄上城邦集團最新的出版訊息。

不定期好禮相贈！
立即加入：商周出版
Facebook 粉絲團

姓名：＿＿＿＿＿＿＿＿＿＿＿＿＿＿＿＿ 性別：□男 □女

生日：西元＿＿＿＿年＿＿＿＿月＿＿＿＿日

地址：＿＿＿＿＿＿＿＿＿＿＿＿＿＿＿＿

聯絡電話：＿＿＿＿＿＿＿＿ 傳真：＿＿＿＿＿＿＿＿

E-mail ：

學歷：□ 1. 小學 □ 2. 國中 □ 3. 高中 □ 4. 大學 □ 5. 研究所以上

職業：□ 1. 學生 □ 2. 軍公教 □ 3. 服務 □ 4. 金融 □ 5. 製造 □ 6. 資訊
□ 7. 傳播 □ 8. 自由業 □ 9. 農漁牧 □ 10. 家管 □ 11. 退休
□ 12. 其他＿＿＿＿＿＿＿＿

您從何種方式得知本書消息？

□ 1. 書店 □ 2. 網路 □ 3. 報紙 □ 4. 雜誌 □ 5. 廣播 □ 6. 電視
□ 7. 親友推薦 □ 8. 其他＿＿＿＿＿＿＿＿

您通常以何種方式購書？

□ 1. 書店 □ 2. 網路 □ 3. 傳真訂購 □ 4. 郵局劃撥 □ 5. 其他＿＿＿＿

您喜歡閱讀那些類別的書籍？

□ 1. 財經商業 □ 2. 自然科學 □ 3. 歷史 □ 4. 法律 □ 5. 文學
□ 6. 休閒旅遊 □ 7. 小說 □ 8. 人物傳記 □ 9. 生活、勵志 □ 10. 其他

對我們的建議：＿＿＿＿＿＿＿＿＿＿＿＿＿＿＿＿

【為提供訂購、行銷、客戶管理或其他合於營業登記項目或章程所定業務之目的，城邦出版人集團（即英屬蓋曼群島商家庭傳媒（股）公司城邦分公司、城邦文化事業（股）公司），於本集團之營運期間及地區內，將以電郵、傳真、電話、簡訊、郵寄或其他公告方式利用您提供之資料（資料類別：C001、C002、C003、C011 等）。利用對象除本集團外，亦可能包括相關服務的協力機構。如您有依個資法第三條或其他需服務之處，得致電本公司客服中心電話 02-25007718 請求協助。相關資料如為非必要項目，不提供亦不影響您的權益。】

1.C001 辨識個人者：如消費者之姓名、地址、電話、電子郵件等資訊。
2.C002 辨識財務者：如信用卡或轉帳帳戶資訊。
3.C003 政府資料中之辨識者：如身分證字號或護照號碼（外國人）。
4.C011 個人描述：如性別、國籍、出生年月日。

請於此處用膠水黏貼